번즈 BUNS

번즈 Buns

발행일	2018년 3월 14일		
지은이	루이스 진		
펴낸이	손 형 국		
펴낸곳	(주)북랩		
편집인	선일영	편집	권혁신, 오경진, 최승헌, 최예은
디자인	이현수, 김민하, 한수희, 김윤주, 허지혜	제작	박기성, 황동현, 구성우, 정성배
마케팅	김회란, 박진관, 유한호		
출판등록	2004. 12. 1(제2012-000051호)		
주소	서울시 금천구 가산디지털 1로 168, 우림라이온스밸리 B동 B113, 114호		
홈페이지	www.book.co.kr		
전화번호	(02)2026-5777	팩스	(02)2026-5747

ISBN   979-11-5987-995-1 03810 (종이책)   979-11-5987-996-8 05810 (전자책)

이 도서의 국립중앙도서관 출판예정도서목록(CIP)은 서지정보유통지원시스템 홈페이지(http://seoji.
nl.go.kr)와 국가자료공동목록시스템(http://www.nl.go.kr/kolisnet)에서 이용하실 수 있습니다.
(CIP제어번호: CIP2018007221)

(주)북랩 성공출판의 파트너

북랩 홈페이지와 패밀리 사이트에서 다양한 출판 솔루션을 만나 보세요!

홈페이지 book.co.kr • **블로그** blog.naver.com/essaybook • **원고모집** book@book.co.kr

루이스 진 장편소설

번즈 BUNS

작가 루이스 진이 선보이는
공상과학소설의 새로운 패러다임

북랩 book Lab

　미국 남부를 동서로 가로지르는 I-10 고속도로를 타고 횡단을 하며, 저 멀리 펼쳐진 지평선과 끝이 없어 보이는 길을 보았습니다. 버스 안에서, 지하철 안에서, 기차 안에서, 그리고 비행기 안에서 이 책을 내려놓으며 편히 잠들 수 있기를 바랍니다. 그리고 잊지 마세요! 이 글은 공상과학소설이랍니다. 책이 출판될 수 있도록 도와주신 북랩 출판사의 손형국 사장님, 김회란 본부장님, 편집부 직원분들께 감사드립니다.

　아차, 나의 가족들. 항상 가장 중요한 것을 잊는다니까. 사랑해.

CONTENTS

'지구는 좆 됐다.'

회의실에 있는 동안, 그리고 회의실을 나와 복도를 걸어가는 동안 이 생각은 나의 머릿속을 떠나지 않았다. 꺼지지 않고 계속되는 아침의 알람 소리처럼, 둥둥거리며 쉼 없이 들려오는 북소리처럼 그 생각은 나의 머릿속을 떠나지 않고 계속해서 맴돌았다.

나의 왼쪽 눈의 가장자리를 따라 마치 비상등과도 같은 파란 불빛이 번쩍번쩍하더니, 앞쪽으로 지나쳐 갔다. 이어서 나의 왼쪽 옷자락 끝이 무엇인가에 걸려 끌려가는 듯한 느낌이 들었다.

"어이. 앞 좀 보고 다녀!"

화난 듯한 기계음이 들리자, 나는 고개를 들어 기계음이 들리는 방향을 쳐다보았다. 세면대의 배수구 구멍에 붙어 있는 고무마개처럼 생긴 검은색 튜브의 내부에서 나오는 초록색 빛이 나를 위아래로 훑어보면서 노려보고 있었다. 비스듬한 원통형의 금속 외피에는 여러 반구 형태와 선 형태의 부속물들이 붙어 있었다. 머리로 보이는 듯한 윗부분에는 큰 반구 형태의 금속 외피가 둘러싸고 있었고, 귀가 있어야 할 위치에는 두 개의 램프가 양쪽에 붙어 있었다. 그리고 그 머리인 듯한 부분의 가운데에는 고무마개 같은 것으로 둘러싸인 초록색의 동그란 등이 있었다. 이게 이 생명체의 원래 모습은 아닐 것이라고 생각했지만, 보호가 그 목적이든 무기가 그 목적이든 정말 형편없는 디자인이었다. 그리고 그 금속 외피가 마치 지퍼가 열리듯, 위에서 아래로 양쪽으로 벌어졌는데, 그 안에는 여러 개의 조종간을 잡고 있는 그 생명체의 팔 또는 발로 보이는 듯한 것들과 그 팔 또는 발이 연결되어 있는 머리가 보였다. 머리에는 고양이의 눈과 같은 큰 눈이 하나 있을 뿐 다른 기관들은 보이지 않았다. 그리고 그 눈 또한 나를 위아래로 훑어보며 경멸과 불신의 느낌을 강렬하게 전달했다. 마치 도로 옆을 지나는데, 난

데없는 빵빵 소리와 함께 창문이 열리면서, 운전자가 나를 쏘아보는 듯한 그런 경우와 비슷했다. 그리고 그 생명체의 원래 모습을 고려한다면, 금속형 외피의 디자인은 날렵하게 생긴 포르쉐와 다름없었다. 나는 머리를 긁적였지만, 별로 기분이 내키지 않은 상태였고, 짜증 또한 많이 났기 때문에 턱을 위로 약간 들어 금속형 외피에 끌려가던 나의 옷자락을 가리켰다. 그러자 그 생명체는 당혹스러웠는지, 금속형 외피를 닫고는 미안하다는 말도 없이 그 금속통을 약간 띄워서는 유유히 가버렸다.

하지만 무례한 그 생명체 덕분에 고개를 든 나는 그전에는 별 관심을 두지 않았던 복도를 바라보게 되었다. 복도는 일부러 그러기라도 한 듯 현대적인 것과 고전적인 것이 적절히 조화된 모습이었다. 복도의 천장은 홀로그램 처리가 되어 있어 하늘이 그대로 보였기에, 마치 천장이 없는 듯한 느낌을 주었다. 양 벽면에는 꽃봉오리 모양의 패인 부분들에서 파란 불꽃이 피어오르고 있었다. 복도의 양쪽 가장자리쯤에는 일부 모서리가 나간 부분이 있긴 했지만, 원통형의 돌들이 쌓여 이루어진 거대한 기둥들이 장엄하게 일렬로 서 있었다. 그리고 기둥과 기둥 사이에는 많은 조각상들이 있었다. 어떤 조각상들은 행성인들의 모습을 하고 있었다. '조롱'이라는 제목의 작품은 계속해서 고개를 끄덕이며, 웃고 있는 모습을 하고 있었고, '거절'이라는 제목의 작품은 수십 개의 다리를 마치 댕기 머리를 따듯 꼬고 있는 모습이었다. 일부 조각상들은 지적 생명체의 모습은 아닌 것 같았지만, 그것들 또한 어떤 행성의 행성인일지도 모를 일이었다. 어떤 조각상은 눈의 모습을 형상화한 것이었는데, 아마도 자신을 관찰하는 것에 대하여 센서가 달려 있는지, 내가 바라보자 눈이 나를 향해 움직였다. 이 작품은 관찰자의 마음을 읽기라도 하는 듯이, 그 눈이 나를 바라보자 작품이 나에게 하는 말이 머릿속에 들려왔다.

"너 따위에게 이름은 필요 없어."

그러고는 그 '공감'이라는 제목의 조각상은 눈꺼풀을 반쯤 감더니, 눈꼬리를 올리며 비웃었다.

복도를 가로질러 그 눈 조각상의 맞은편에는 또 다른 비슷한 모습의 조각상이 있었다. 이 조각상 또한 눈의 모양을 하고 있었는데, 좀 전의 '공감'이라는 눈 모양의 조각상과 달리 이 조각상의 눈은 복도의 끝쪽을 바라보는 듯하면서, 곁

눈질로 다른 눈 모양의 조각상과 나를 힐끗힐끗 바라보았
다. 이 조각상의 눈은 흰자위 안에 홍채는 없이 반원 모양의
검은색 눈동자만 있었다. 아마도 반원 모양의 흰색 눈동자
도 있어 검은색 눈동자와 함께 원형의 눈동자를 이루고 있
겠지만, 흰자위의 하얀 바탕 때문에 그 하얀 눈동자는 보이
지 않았다. 이 조각상이 하는 말도 나의 머릿속에 들려왔다.

"너에게는 이름이 있어. 언젠가 너는 보석이 될 거야. 괴
물 따위 되어서는 안 돼."

조각상의 흰자위에 여러 개의 빨간 핏줄이 상기되었고,
눈가로 검은 눈물이 흘러내렸다. 이 조각상의 제목은 '인지
부조화'였다.

매머드와 멧돼지를 섞어 놓은 듯한 뿔난 동물의 조각상,
투명한 유리 모양의 온기를 풍기는 행성인의 조각상, 길쭉한
플라스틱 고무통 안에 가는 금속이 들어 있는 밋밋한 조각
상 등 많은 인상적이지 않은 조각상들을 지나자 기둥 사이
에 서 있는 알림 전광판이 눈에 들어왔다. 직사각형의 모서
리를 따라 하늘색의 불빛이 빛나는 꽤 세련되어 보이는 전

광판이었다.

행성 유지위원회 일정

오르세 5테라 876피나 53쿠인 353742바인
: 지구 vs. 키레네. 당신의 선택은? - 변론

오르세 5테라 876피나 53쿠인 353745바인
: 바이만인의 마지막 외침. - 개회

오르세 5테라 876피나 53쿠인 353747바인
: 소노란 행성, 그들은 정말 악마의 사주를 받았던 것일까? - 평결

'이름하고는. 지구 vs. 키레네. 당신의 선택은?이라니.' 나는 얼마 전 위원회 안건의 이름을 이렇게 마치 TV의 엔터테인먼트 프로그램과도 같이 짓는 이유에 대해서, 다른 안건 때문에 이곳에 방문한 아낙 행성의 변론인에게 물어본 적 있는데, 그 행성인은 행성 유지위원회의 안건이라는 것이 그 가치를 생각할 때 어마무시한 것들이고, 마치 야구 선수들이 긴장을 줄이기 위해 껌을 씹듯 저런 식으로 이름을 지어서, 심사위원들과 변론인의 긴장을 느슨하게 하려는 목적

이라고 했다. 하지만 소노란에서 온 다른 행성인은 사실 행성 유지위원회의 위원회라는 것이 우주 방송국에서 인기 있는 오락 다큐멘터리 프로 중의 하나이기 때문에 제목을 저렇게 짓는다고 답하기도 했다. 그의 말에 따르면, 많은 행성인들이 이미 웬만한 자극에는 희열을 느끼지 못할 정도로 마음의 평정을 유지하고 있기 때문에, 그들에게 높은 시청률을 뽑아낼 수 있는 방송 프로라는 것이 '행성파괴' 정도의 것이 아니면 안 된다는 것이다. 또한 최근에는 이 행성파괴에도 많은 행성인들이 무뎌져 있어, 은하파괴를 다루는 오락 프로까지 등장했다고 한다. 예전의 지구에서도 길로틴에 의한 사형 집행이 시민들에게 큰 오락거리였던 것을 생각하면, 그 행성인의 말도 전혀 엉뚱한 것은 아니었다. 하지만 그 안건의 제목을 보고, 헛웃음이 튀어나오는 것은 나도 어쩔 수 없었다.

복도의 기둥 사이의 조각상들도 충분히 특이하고, 기괴했지만, 나의 눈에 가장 이상하게 비춰진 것은 복도의 저 멀리 맞은편 벽에 붙어 있는 그림이었다. 그림은 아주 커서 복도 끝의 벽을 모두 차지하고 있었다. 가장자리에 여러 무늬가 덧씌워진 갈색의 클래식한 액자로 둘러싸인 것이 꽤 의미가 있고 얽힌 사연도 있는 그림인 듯했다. 멀리서 바라보았을 때에는 빙산들과 같은 하얀 것들만 눈에 띄었는데, 가까이 다가가서 보니, 빙산들 사이에 부서진 은색 빛의 우주선과 그 부품들이 널브러져 있었다. 그리고 두 마리의 입에 큰 송곳니가 난 사막여우 모양의 동물들이 탐욕스럽게 행성인들의 살점을 뜯어 먹고 있는 모습이 있었고, 우주선에 타고 있었던 것으로 보이는 행성인의 살과 파란 피들이 여기저기 낭자해 있었다. 눈 위에 흩어진 몇 개의 행성인들의 것으로 보이는 눈알들은 나의 위치에 따라서 나를 바라보면서 움직이기까지 했다. 아니, 그 눈들은 나를 바라본다기보다는 초점이 없이 나를 관통하여 내 뒤의 무엇인가를 바라보는 것 같았다. 멀리서 바라볼 때에는 희멀겋기만 한 그림이었는데, 다가가면 다가갈수록 기괴하고 섬뜩한 느낌이 들었다. 제목은 나의 지식과 감성으로서는 도저히 이해할 수 없는 것이었다.

'첫 경험.'

"안타까운 일이에요."

옆에서 키렌의 목소리가 들렸다. 그 기분 나쁜 그림을 보

고 있는 동안 주위가 온화한 느낌의 파란 빛으로 바뀐 것도
모르고 있었던 것이다.

"어떻게 한 행성의 운명을 이렇게 간단하게 결정지을 수
있는 거죠?"

맞는 말이었다. 수십억 년의 역사를 가진, 그리고 수많은
생명체가 살아온 한 행성의 운명을 단 한 번의 위원회로 결
정짓는다는 것은 어처구니가 없는 일이었다.

내가 말했다.

"어쩌겠어요. 어차피 처음부터 이길 수도 없는 게임이었
잖아요. 위원회가 더 열린다고 해서 결과가 바뀌지도 않을
텐데요."

키렌이 말했다.

"그래도 이건 너무하잖아요. 우리의 행성들이 이 정도 의
미밖에 없다는 것은 정말 참을 수가 없어요. 아마도 위원들
의 행성이 이런 안건의 대상이었다면, 아마 위원들은 안건이
상정되지도 못하게 막았을 거라고요."

키렌의 온화한 파란 빛이 잠시 빨간빛으로 바뀌었다가 본
래의 빛깔을 찾았다.

내가 말했다.

"힘없는 행성에서 태어난 게 죄라면 죄겠지요."

나는 키렌에게 "오늘 수고하셨어요. 저는 그럼 이만." 하고, 가벼운 인사를 하고는 방으로 향하는 걸음을 재촉했다. 나에게는 잠이 필요했다. 아무런 꿈도 꾸지 않는 그런 조용한 잠이 나에게는 필요했다. 키렌은 어깨를 으쓱하고는 내가 보고 있던 벽에 붙은 기괴한 그림을 흥미로운 듯 바라보았다.

나도 알고 있다. 우리의 선택 또한 그들이 위원회를 통해 결정하는 방식과 그리 다르지 않다는 것을 말이다. 많은 것을 보고 듣고, 많은 것을 읽고 많은 것을 배우지만, 그러면서 다음 선택에서는 무엇인가 다른 선택을 할 것이라 꿈꾸지만, 결국 선택의 그 순간이 눈앞의 찰나로 다가오면 마음이라 불러야 할지 생명력이라고 불러야 할지 모를 그 무엇인가가 튀어나와 선택을 하고 떠나버린다는 것을 말이다. 그 찰나의 순간에 나의 경험과 지식과 논리와 철학은 전혀 맥을 쓰지 못하며, 눈 깜짝할 순간에 나타나 선택을 하고 사라져 버리는 그 무엇인가를 바라보고 있을 뿐이다. 경험과 지식과 논리와 철학, 그들에게 있어 선택이라는 작업에 있어 자신들의 역할이란 것은 마치 그것이 자리를 비울 때나 하는 업무 대행 정도인 듯한 눈빛을 하고서는 말이다. 하지만 우리의 선택 방식이 그렇다 한들, 우리의 운명 또한 그렇게 결정지어져야 할까? 그리고 우리는 이런 존재밖에 안 되는 것일까?

어떻게 우리 지구가 키레네를 이길 수 있을까? 아무리 위원회를 여러 번 한다 한들 위원들은 만장일치로 키레네의 편을 들 것이다. 아마도 달걀로 바위를 친다는 표현은 이런 현재 상황을 위해 만들어진 표현일지도 모른다.

이 모든 이야기가 시작된 것은 일주일 전이었다.

그날도 나는 다른 날과 다름없이 내 자리에서 햇볕을 쬐면서, 이것저것 사소한 생각들을 하고 있던 터였다. 햇빛의 밝기나 구름의 속도나 바람의 세기는 다른 날과 다름이 없었다. 적당히 강한 햇빛이 눈가에 주름을 만들며 눈을 뜨게 했으며, 적당히 부는 바람이 고개를 갸우뚱하게 들게 했다.

저 멀리 놀이터에서 아이들의 노는 소리도 가끔 들려오고, 개 한 마리가 짖다가 이어서 온 동네 개들이 떼거리로 미친 듯이 짖어대는, 어느 날과 다를 게 없는 그냥 그저 그런 날이었다. 약간 기분 좋은 게 있었다면 며칠 전부터 느껴지던 불쾌한 느낌이 사라진 것이었다. 이유는 잘 모르겠지만, 그때로부터 일주일 정도 전쯤에 마치 가위를 눌린 듯한 중압감이 갑작스레 내 몸을 둘러쌌다. 나를 짓누를 만한 것들은 눈에 보이지 않았다. 하지만 마치 내 위에서 무언가가 무거운 것이 나를 누르는 듯 갑작스레 숨이 막히고, 답답한 기분이 들었다. 그리고 바람이 부는 것도 아닌데, 주위의 풀들과 꽃들이 심하게 흔들렸고, 옆에 있던 돌덩이들이 갑자기 저 멀리로 날아가거나 하곤 했다. 게다가 주변에 웅웅거리는 듯한 환청 같은 이상한 낮은 주파수의 소리가 들리기도 했다. 그 이상한 일들은 하루 정도 가장 심했는데, 그 다음 날에는 나를 짓눌렀던 무게감도 사라지고, 그 이상한 현상들도 사라졌지만, 나는 '언제 그런 상황이 또다시 벌어지면 어쩌나.' 하며 불안해하고 있던 터였다. 하지만 일주일 정도 지나는 동안 별일이 없자 나는 그 불안감에서 벗어날 수 있었다.

햇살이 가장 강한 오후가 지나 시간이 좀 더 흘렀을 때,

바로 그 일이 일어났다.

동전만한 구형 금속체가 갑자기 눈앞에 나타난 것이다. 금속체는 나뭇잎 모양의 여러 금속의 조합으로 이루어져 있었고, 나를 바라보는 면 아래쪽에는 마치 우표 같은 모양의 가장자리가 지그재그 모양을 한 금속판이 하나 더 붙어 있었다.

그러고는 구형 금속은 마치 눈을 뜨는 것처럼 벌어진 후 분해되더니 순식간에 사라져 버렸고, 안에 남아 있던 영롱한 색깔의 투명한 액체 같은 물질만 구슬의 모습을 한 채로 둥둥 떠 있었다. 그 구슬같이 투명한 물질 안에는 과학잡지에서 본 듯한 모습의 다양한 색채를 지닌 볼록렌즈 모양의 은하계 하나가 가운데의 축을 중심으로 서서히 돌고 있었다. 그리고 그것은 마치 영화에서 해파리가 달려들 듯이 순식간에 나의 가슴으로 달려들었고, 그대로 흡수되어 버렸다.

그리고 갑자기 메시지가 떠올랐다. 앞에 TV나 컴퓨터 모니터나 태블릿이 있던 것도 아니고, 대통령의 연설처럼 카메라 앞에 읽어야 할 연설문이 떠오르는 프롬프터가 보이는 것도 아니었다. 그저 그 액체 같은 물질이 몸에 박히자마자, 내가 당연히 해야만 하는 앞으로의 일들을 알게 된 것이다. 이 갑작스럽게 알게 된 메시지라는 것이 글로 표현하기는 어렵긴 하지만, 대체로 이런 내용이었다.

> 귀하에게.
> 귀하는 일주일 후 열릴 '지구 vs. 키레네. 당신의 선택은?'이라는 안
> 건을 위한 위원회의 지구 행성을 대표하는 변론인으로 채택되셨습
> 니다.
> 그때 뵙겠습니다.
>
> 당신과 당신 행성에 대한 가능한 모든 존경을 담아,
> 디바인 행성 유지위원회 위원장 사트안 드림.

'이게 뭔 일이람?'과 같은 놀라움이나 의구심은 없었다. 표
면적인 기이함으로 보자면 이번의 일들은 일주일 전쯤의 그
이상한 현상들보다도 더한 것이었지만, 이번에는 전혀 이상
하다는 느낌이 들지 않았다. 중압감이나 불안감 그런 것도
없었다. 메시지는 그런 성격의 것이었다. 당연히 내가 알아
야 하고, 해야 하는 일을 전달하고 있다는 느낌의 그것.

그때로부터 일주일이 지나기 하루 전, 그러니까 행성 유지
위원회가 열리기 하루 전에 난 이곳 행성 유지위원회가 열
리는 디바인 행성으로 이동하였다. 말 그대로 눈 깜짝할 사
이에 이동한 것이다. 마치 오래전부터 계획을 세운 것처럼

나는 이곳으로 오게 되리라 생각하고 있었고, 마음속에 열차표를 준비한 채로 그저 기다리고 있을 뿐이었다. 그리고 열차가 도착했고, 열차를 탔고, 열차가 목적지인 이곳에 도착하자 나는 열차에서 내렸을 뿐이다. 별로 극적인 것은 없었다.

소독실을 지나 처음으로 내가 이동한 곳은 안내사무소였다.

사무소 안의 직원인 듯한 친구는 바쁜 듯이 대리석 돌판을 바라보고 있었다. 아마도 그것이 컴퓨터의 모니터쯤 되는 모양이었다.

내가 온 것을 안 직원은 나를 힐끗 쳐다보더니, 잠시 기다리라는 듯이 손짓하고는 다시 돌판에 집중하였다. 나는 순간 직원이 네모 모양의 작은 안경알을 가진 안경을 쓰고 있다고 착각했지만, 직원은 안경을 끼지는 않은 상태였다. '무엇이 나에게 이런 선입견을 갖게 했을까?'하는 생각이 문득 들었다. 아마도 드라마나 영화였을 것이다. 방문객을 기다리게 하는 기관 직원들의 시큰둥한 사무적인 모습은 언제나 그렇게 묘사가 되어 있었던 듯하다.

나는 잠자코 기다리는 동안 벽에 걸린 추상화로 보이는 듯한 그림을 바라보다가 다시 생각에 잠겼다.

하긴 우리의 기억은 언제나 이렇게 통째로 구성되어 있는 듯하다. 각각의 기억들이 서로의 관계성을 잃은 채로 개별적으로 기억된다면, 이것은 정말로 골치 아픈 일일 것이다. 정장을 입은 빨간색의 무늬가 곁든 넥타이를 한 회사의 고위직 간부, 진한 빨간색의 립스틱을 바른 채로 가슴이 드러나 보이는 얇은 상의를 입은 술집에서 일하는 접대부, 약간 진한 파란색 하늘과 이보다는 덜 진한 맑은 파란색의 바다 사이에 드리워진 흐늘흐늘한 모양의 주황색 배경에 둘러싸인 강렬한 밝은 주황색의 노을. 가끔은 예외가 있겠지만, 기억들의 요소요소들을 관계성을 이용해 묶어서 기억하는 것이 훨씬 효율적이고 생존에 유용한 방법일 것이다. 하지만 나는 알고 있다. 이런 것을 할 수 있는 능력이 없었던 한 친구를 말이다. 그 친구는 책이란 책의 모든 오타를 다 찾아냈다. 글자 순서만 바뀌었을 뿐이어서 보통 알아채기 힘든 오타들마저 그 친구는 다 찾아냈다. 그 친구의 그림 속에는 빨간 립스틱을 바르고 정장을 입은 회사의 사장이 있었고,

물방울 무늬를 한 넥타이를 맨 술집의 접대부가 있었다. 그 친구는 산등성이에 드리워진 노을의 아름다운 광경을 말로 표현하지 못해 항상 답답해했다. "빨간색이 소수 첫째 자리에서 반올림해서 약 67%, 초록색이 소수 첫째 자리에서 반올림해서 23%, 파란색이 소수 첫째 자리에서 반올림해서 7%, 그리고 이름 없는 색깔이 소수 첫째 자리에서 반올림해서 2%, 그리고 이상한 색깔이 소수 첫째 자리에서 반올림해서 1%. 가슴이 답답해. 말하기 싫어. 아름답긴 한데, 이젠 보기가 싫어. 저것보다는 검은색이 더 예쁜 것 같아." 나는 쭈뼛쭈뼛하며 볼멘소리를 하던 그 친구의 심통이 난 모습이 떠올라 나도 모르게 미소가 지어졌다.

이쯤이 되었을 때, 안내사무소 직원은 입을 열었다.

"죄송합니다. 오래 기다리시게 해서."

"아니에요. 할 일은 다 하신 건가요? 아직 남았으면 마저 다 하신 다음에 이야기해도 저는 상관없습니다."

정말 나는 직원에게 불쾌감이나 그런 것은 들지 않았다.

"요즘은 참 일이 너무 많아서요. 눈코 뜰 새 없이 바쁘답니다. 이번 달에만 위원회가 서른 건이 넘어요. 게다가 그중 절반 이상이 행성의 운명을 결정짓는 아주 큰 안건에 대한 위원회랍니다. 나보고 죽으라는 건지, 원."

코가 어디에 있긴 있는 것인지, 그리고 그것이 떴다 감았다 할 수도 있는 것인지 알 수는 없지만, 그는 아주 바빠 보이긴 했다.

"잠시만요. 어디 있더라? 지구 vs. …."

모니터인 듯한 그 돌판을 쳐다보던 그가 돌연 고개를 들어 나를 쳐다봤다. 그리고 나는 다시 한번 그가 네모 모양의 작은 안경알을 가진 안경을 쓰고 있다고 착각했다.

"지구에서 오신 거 맞죠?"

"네. 맞습니다."

"아, 죄송합니다. 제가 정신이 없어서요. 아, 여기 있군요."

그가 돌판 위에 손을 올리니, 돌판에서 이상한 빛깔의 초록 유리 주형물 같은 것이 그의 손바닥 아래로 올라왔다. 마치 숟가락에서 꿀이 떨어지는 영상을 거꾸로 돌린 듯한 것 같았다. 녹색의 액체라는 것만 제외하고는 말이다.

직원이 물었다.

"이거 본 적 있으시죠?"

"네? 아닌데요. 저는 처음인 것 같은데요."

"아마 금속 껍데기 때문에 못 보셨나 보군요. 아마 메일이 이걸로 보내졌을 텐데. 먼 곳은 라이젠에 싸서 보내거든요.

하긴 다들 껍데기만 기억하지 이거는 잘 기억하지 못하더라고요. 사실 이게 중요한 건데 말이죠."

직원은 구슬 같은 그것을 요리조리 둘러보고 있었다.

내가 본 금속 물체 안에는 투명한 것이 있었는데, 직원이 보고 있는 것은 불투명한 초록색이었다. 여러 종류가 있는 듯했다.

직원이 이어서 말했다.

"대단하죠? 샤를 행성의 이 '마블' 말이에요. 아무리 많은 정보도 이 조그만 것 안에 다 넣을 수 있다니. 제가 듣기로는 이 우주의 모든 정보를 이 작은 것 안에 저장하는 게 가능하다고 하더라고요."

"그렇군요."

나는 짧게 동조해 주었다.

"그런데 웃긴 것은 말이죠. '안녕'이라는 이 말 한마디를 담기 위해서도 이 구슬만한 크기의 물질이 필요하다는 거예요. 우주의 모든 정보를 담기 위해서도 구슬 하나가 필요하구요. 그 은하 간 운송 장치 있잖아요. '늘었다! 줄었다! 줄어든 항로로 당신의 인생을 늘려보세요!' 광고로 히트 쳤던. '엘라스틱 잼'이라던가? 그건 이거에 비하면 아무것도 아니라니까요. 하긴 정보란 것은 목적에 따라 가치가 상대적이

긴 하죠."

내가 짧게 대답했다.

"아, 네. 그렇죠."

나의 시큰둥한 대답에 신경이 쓰였는지, 직원이 이어 말했다.

"제가 쓸데없는 말을 많이 했네요. 어쨌든 이걸 당신께 전해 드릴 거예요. 위원회에 관련한 모든 자료는 그 안에 있습니다. 자 받으세요."

그리고 그는 그 초록색 마블이라는 것을 나에게 던졌다.

예전처럼 그것은 나에게 부딪히는 순간 마치 녹는 듯이 사라졌고, 나는 내가 이곳에 온 이유와 그동안 우주에서 벌어진 많은 것들에 대해 알게 되었다.

갑작스럽게 나에게 들이닥친 많은 정보에 나는 적잖이 놀랐다.

하지만 이런 나의 모습에 아랑곳하지 않고, 직원은 나에게 태블릿처럼 생긴 돌판을 내밀었다.

"자, 그럼 정보 수신자란에 사인하시고요. 여기 빈칸에요."

내가 말없이 사인하고, 돌판을 돌려주자 직원이 말했다.

"자. 이제 다 끝났습니다."

짧게 인사를 한 후, 나는 안내사무소를 빠져나왔다.

들어가기에 앞서 그 마블을 통해 내가 알게 된 정보는 언어로 구성된 것이 아니었다는 것을 알아줬으면 한다. 그것은 그저 정보, 앎 그 자체였다. 마치 새로운 빛이 나를 둘러싼 느낌 그런 것 말이다. 그것 중의 일부는 지구에서의 우리의 인식을 많이 벗어나기도 하고, 대부분은 말로 표현할 수 없는 것이다. 그래서 나는 이야기를 하면서 많은 내용을 지구의 것으로 바꿔서 표현할 것이다. 왜곡이 일어나는 것은 불가피한 일이지만, 그래도 이것이 최선이라는 것이 나의 생각이다. 디바인 행성에서 바라본 저 뭐 같은 갈색의 하늘을, 하지만 아름다운 느낌이 드는 저 뭐 같은 갈색의 하늘을 내가 어떻게 왜곡 없이 지구의 언어로 표현할 수 있겠는가? 그리고 원래대로 표현했다가는 저속하다며 괜한 욕을 먹을지도 모를 일이다. 그리고 말을 하는 행성인들은 우주상에 아주 극소수에 불과하고(* 나도 예전에 말을 하지 않고 의사소통을 하면 좋겠다는 생각을 했다. 하지만 막상 말을 이용하는 의사소통 방식이 지구를 비롯한 수십 개의 행성에서만 이루어진다는 사실을 알게 되었을 때, 내가 느낀 것은 신기함이라기보다는 좌절감이었다. 말이라는 것은 거짓을 진실처럼 표현할 수 있는 유일한 의사소통 방식이다. 그리고 말을 대신하기 위한 글이라는 것도) 말을 사용하지 않고 소통하는 여러 우주인들의 다양한 표현 방식을 하나하나 이야기할 수 없기 때문에, 그들이 표현하는 과정을 그냥 '말했다' 등의 지구 행성의 방식으로 말할 수밖에 없었음을 이해해 주기를 바란다. 나의 이야기 중에 일부 내용에서는 '말했다'라는 것이 '정말 말을 한 것'인지 아니면 '말을 하지 않고 의사소통을 한 것'인지 혼란스러울 수도 있겠지만, 그럴 때에는 '말을 하지 않고 의사소통을 한 것'이라 생각하면 편할 것이다.

우선 이곳 디바인이라는 행성에 대하여 말해야 할 것 같다.

이 행성은 아주 오래전부터 우주의 거의 모든 일을 관할하는 행정 행성이다. 행성 간의 무역 다툼이라든지 종교 다툼 같은 업무가 이 행성에서 처리되는 주 업무이다. 행성 간의 다툼이 발생하면, 그리고 그 다툼이 해결될 기미가 보이지 않을 경우, 각각 다툼은 하나의 안건으로 이 행성의 행성 유지위원회에 회부된다. 행성의 대표가 안건을 올리는 경우도 간혹 있기는 하지만, 그것은 매우 드문 일이다. 대개의 경우는 행성의 감찰 및 중재 부서에서 행성 간의 다툼을 알아채고 위원회에 회부시키는 경우이다. 이럴 경우에도 행성 유지위원회로의 안건 회부에 앞서 행성의 대표들에게 다툼의 해결을 종용하거나, 감찰 및 중재부서에서 직접 다툼을 중재하기는 한다.

하지만 단 두 번의 성공적인 중재를 제외하고는 감찰 및 중재부서를 거친 안건들은 모두 행성 유지위원회에 회부가 되었다. (* 타누스 행성과 자이잔 행성의 경우에는 종교에 의한 다툼이 문제였는데, 타누스 행성의 신이었던 타누인과 자이잔 행성의 신이었던 자인이 알고 보니 같은 신이었던 것이 밝혀져, 행성 대표들이 서로 껴안고 두 행성 간 형제의 조약을 맺으며 보기 좋게 마무리되었다. 물론 두 신이 같은 존재였음을 증명하기 위해 정보 및 역사부서에서는 사상 유례없는 과도한 업무를 감내해야만 했다. 그들이 과도한 업무를 수행하기 위해 마신 리바이탈 넥타르[** 스토프잔 행성의 산에서 채취되는 액체로 쉬지 않고 최고의 신체 상태에서 집중하여 업무를 하게 해준다고 알려져 있다. 행성 밖에서도 이런 효과를 유지하기 위해서는 준시라는 반짝이는 용기에 담아서 운반해야 한다의 준시 용기가 이룬 것이 그 유명한 '디바인의 네가나 언덕'이다. 이 준시로 이루어진 언덕은 두 개의 기둥이 서 있고 가장 윗부분에 두 개의 기둥 사이로 다리 같은 연결 부분이 있는데, 마구 버려진 쓰레기 준시 용기가 이런 모양의 언덕을 만들었다는 것은 많은 우주인들의 감탄사를 자아냈다. 특히 준시 용기의 반짝이는 특징은 네가나 언덕의 화려하고 아름다운 장관에 한몫을 했다. 감찰 및 중재 부서의 중재로 해결된 또 다른 사건 하나는 차누 행성과 사타란 행성의 행성인 간 불평등과 관련된 것이었다. 차누 행성은 선진 행성의 하나로 차누인은 오래전에 우주로 진출하였고, 운 좋게도 바로 옆에 생명체가 살기 적당한 사타란 행성을 발견하였다. 사타란 행성은 차누 행성보다 중력이 약간 큰 것을 제외하고는 차누와 큰 차이가 없었다. 일부 차누인들이 사타란 행성으로 이주하였고, 사타란에서도 역시 수준 높은 선진 문명이 건설되었다. 몇백 세대가 지난 후, 사타란 행성의 주민 중 많은 수가 다시 고향 행성인 차누로 돌아와 정착하였다. 다른 것은 큰 문제가 없었다. 차누인과 사타란인의 언어는 알아차리기 힘들 정도로 거의 같았고, 외모 또한 알아채기 힘들 정도로 거의 비슷했다. 하지만 사타란인의 작은 키가 문제였다. 중력이 차누보다 약간 높은 사타란에서 수백 세대가 흐르는 동안, 사타란인의 키는 차누인보다 약 1인치 정도가 작아졌다. 그래서 차누인들은 사타란인들을 '쇼티'[** 난쟁이를 일컫는 차누인의 언어라 부르며 비하하였고, 사타란인은 차누 행성에서 학교를 다닌다거나, 직장을 구한다거나, 선거를 한다거나 하는 면에서 차별을 받았다. 그러던 중, 타프니라는 차누인이 『쇼티 죽이기』라는 소설을 발표하였는데, 이는 차누인에 의해 차별을 받는 사타란인의 삶에 대한 내용이었다. 이 책은 많은 차누인들에게 반향을 일으켰고, 이로 인해 차누 행성에서는 사타란인에 대한 차별이 사라져 갔다. 그리고 '쇼티'라는 말도 점차 사라져 갔다. 하지만 수 세대가 지난 후 사타란인들은 이 타프니의 소설에 문제를 제기했고, 이 책을 금서로 지정해 줄 것을 차누 행성 정부에 요청했다. 책의 제목뿐 아니라 내용에 '쇼티'라는 말이 수차례 등장한다는 것이 이유였다. 정부 측에서도 사타란인들의 말을 듣고, 일리가 있다고 생각하였고, 타프니의 『쇼티 죽이기』는 금서가 되었다. 더 이상의 출판이 금지되었고, 모든 도서관의 책들도 한데로 모아 태워졌다. 그리고 또다시 수 세대가 지났고, 차누인은 다시 부끄럼 없이 사타란인을 '쇼티'라 부르기 시작했다. 사타란인의 신체적 특징이 변하기에는 짧은 시간이었고, 그것에 대한 차누인의 직관적인 인식은 '쇼티'였던 것이었다. 평등이란 것은 고귀한 정신을 향한 의지의 문제였다. 그리고 그 고귀한 정신이란 무엇인지 타프니가 보여준 것이었고, 타프니가 보여

준 길이 사라지자 모든 것은 제자리로 돌아간 것이다. 아니 그것은 제자리가 아니었다. 이제 그 어떤 차누인도 사타란인의 고뇌와 아픔에 대해 얘기하려 들지 않았다. 그 고뇌와 아픔이란 것도 사라지고 나면, 예전의 고뇌와 아픔이란 것에 대해 말하지 말아달라 할지 누가 알겠는가? 망각이란 우주인 모두에게 공통되는 특징인 것을. 그것은 브레이크 없는 라이넨[** 핑크잼 스페이스 사에서 운행하는 공간이동 방식의 일종]과 같았다. 차누인들은 사타란인들에게 말도 안 되는 차별을 가했고, 심지어는 죄 없는 사타란인을 고문하는 일도 빈번히 발생했다. 이 모든 것을 모니터링하고 있던 행성 유지위원회의 감찰 및 중재 부서는 '더 이상 지켜볼 수만은 없다'라는 판단 하에 중재를 했다. 감찰 및 중재 부서는 이 모든 것은 차누인과 사타란인의 키 차이 때문이라는 결론을 내렸고, 차누인의 발바닥에서 0.5인치의 살을 잘라 내어, 그것을 사타란인의 발바닥에 붙여 주었다. 사실 차누인과 사타란인의 키는 8,400인치[** 21,336센티미터]와 8,339인치[** 21,333 센티미터]였는데, 감각기관이 예민한 차누인과 사타란인은 1인치의 차이도 크게 느낀 것이었다. 처음에 감찰 및 중재 부서는 중재를 위해 이들의 예민한 눈을 비롯한 감각 기관을 덜 예민한 것으로 만들 생각도 했지만, 이것은 생각보다 번거롭고 복잡한 일이었다. 그래서 결국 감찰 및 중재 부서는 비교적 간단한 작업으로 차누인의 발바닥 살을 떼어 사타란인에게 붙여 주기로 한 것이다. 이후 차누 행성의 차누인과 사타란인은 평화롭게 아주 잘 지냈다. 감찰 및 중재 부서의 중재는 비교적 성공적이었다. 후에 차누 행성에 사는 차누인 및 사타란인들과 사타란 행성의 사타란인들과의 그 유명한 '0.5 인치 전쟁'이 발발하기 전까지는 말이다. 역시 평등이란 것은 고귀한 정신을 향한 의지의 문제였다)

지구와 관련된 일들이라는 것들은 사실 이곳, 디바인 행성의 행성 유지위원회에 회부될 일이 없었다.

지구는 우주 변방의 아주 조그만 은하에 속한 행성이었으며, 아직 대다수의 생명체들이 행성 밖으로는 나와보지 못하고, 그 안에서 자기네들끼리 아옹다옹 잘 살아가는 그런 행성이었다. 정보 및 역사 부서에서는 언제나 그리고 지속적으로 온 우주의 정보를 모으는 것으로 유명한데, 지구에서 오는 신호라는 것은 "배고파", "섹스하고 싶어", "살려줘", 이따위의 것들이었다. 그렇기에 지구는 다툼 위험 기준에 따른 행성 분류에서도 '전혀 다툼 위험 없음'에 분류되어 있었다.

그런 지구가 문제가 되기 시작한 것은 키레네의 안건 상정 때문이었다. 개발도상 행성들의 모범 사례이자 대표 행성, 어떤 이들은 '사운트 은하의 기적'이라고 부르는 그곳. 키레네 행성이 최근 행성 유지위원회에 지구와의 문제를 해결해 달라고 안건을 상정한 것이다.

근본적인 원인이 된 것은 망할 궤도였다.

지구는 비교적 최근에 생성된 행성이었다. 오르세 3테라 초반에(* 당시 대부분의 행성들은 이미 선진[** developed] 행성으로 진입하고, 일부 행성들만이 개발도상[** developing] 행성이나 미개발[** undeveloped] 행성에 머물러 있을 때였다. 프라이란 1테라에서 7테라, 그리고 날룬 1테라에서 12테라가 지난 이후 오르세 1테라가 시작된다. 일반적으로 단세포 생물이 우주선을 만들어 행성 밖으로 나가는 데 두 번의 테라 시간이면 충분하다고 알려져 있다), 선진 행성의 대표 행성이었던 차이론의 제1생명체 가드인(* 이들은 행성을 만들어 내는 능력까지 소유한 생명체들로 행성을 없앨 수 있는 많은 다른 선진 행성의 생명체들과 차별되었다. 우주의 역사상[** 오르세 3테라 이전, 이후를 통틀어서 현재까지] 행성을 만들어 내는 능력을 얻을 정도로 진화하였던 생명체는 이 가드인밖에 없었고, 그렇기에 '제1생명체', '제2생명체'와 같이 심각하게 평등의 원칙을 위배하는 언어임에도 불구하고, 가드인에게는 제

1생명체라는 호칭을 쓰는 것은 우주 널리 받아들여졌다. 차이론 행성의 제2생명체는 살리에인이었는데, 이들도 엄청난 선진 문명을 이루었지만, 워낙 가드인의 능력이 뛰어났기에 이들은 '제2생명체'라고 불리는 수모를 겪어야만 했다) 중의 하나였던 하란이 지구라는 행성을 만들어 냈다. 최근 지구가 키레네가 회부한 안건과 관련된 후에 정보 및 역사 부서가 하란이 왜 지구를 만들어 냈는지 심도 있는 조사를 벌여왔지만, 아직 정확하게 밝혀진 바는 없다. '아마도 실습 시간에 우연히 만들어 낸 듯하다.'라는 견해가 가장 신빙성 있게 받아들여지는 듯하기는 하지만 말이다. (* 차이론 행성의 학생 실습 기간은 7일 단위로 이루어졌다. 보통은 6일 동안의 실습 후 결과물을 제출하고, 이후 하루의 휴식 기간을 가진 뒤 다른 실습 과정이 시작되었다고 한다. 이러한 사실은 '지구 실습 시간 기원설'을 뒷받침하는 가장 중요한 근거이다. 조사로 밝혀진 바에 따르면, 지구에 남아 있는 문헌 중 일부가 지구의 기원에 대한 기록을 담고 있는데, 여기에도 지구가 6일 동안의 생성 과정 후 하루의 쉼이 있었다고 되어 있기 때문이다)

안건이 회부되고 가장 먼저 사건에 투입된 것은 정보 및 역사 부서였다. 키레네에서 행성 유지위원회에 안건을 회부한 후, 정보 및 역사 부서에서는 부서 및 위원회 내의 데이터를 바탕으로 지구에 대한 기본적인 자료 조사를 시작했다. (* 키레네는 3개월 전에 행성의 존망이 걸린 이 문제를 행성 유지위원회에 안건으로 회부했음에도 행성 유지위원회에서는 3주일 전에서야 정보 및 역사 부서에 조사를 지시했다. 워낙 뛰어난 직원과 위원들이 있어서 그랬을 거라 나도 믿고 싶다. 하지만 그렇다면, 미리 조사를 해 놓을 수도 있는 거 아닌가? 나는 '행정상의 문제로 이런 지연이 발생한 것은 아닐까?'하는 생각에 당시 서류들을 둘러본 적이 있는데, 서류에 따르면 3개월 전 키렌에 의해 회부된 안건은 정상적으로 등록이 되었고, 그날 바로 위원장에게까지 보고가 된 것으로 되어 있었다) 이 자료에는 행성의 생성연대, 위치 및 궤도, 광물 및 대기 구성, 생명체 구성, 생명체 특성 등 지구에 대한 모든 자료가 포함되어 있었다. 디바인 행성 내의 자료실에서 얻어온 내용들에 별문제는 없어 보였다. 그런데 이 모든 것의 시작이 된 문제가 되는 그 일은 정보 및 역사 부서 직원이 자료조사차 지구에 왔을 때 시작되었다. (* 행성 유지위원회의 규율에는 '안건에 관련된 모든 행성에 대하여, 정보 및 역사부서는 1회 이상의 답사를 의무적으로 해야 한다'고 명시하고 있다. 이 같은 규율은 비교적 최근[** 날룬 11테라]에 추가되었는데, 그 이유는 간이 배 밖으로 나올 정도로 대담했던 헤른인 때문이었다. 헤른 행성은 같은 태양을 돌고 있는 다른 행성인 차리티 행성과의 문제를 위원회에 제기하였다. 둘 다 선진 행성이었지만, 두 행성의 문명은 아주 상반되는 점이 많았다. 헤른 행성에는 성별이 하나이고 무성생식이 가능한 헤른인이 살고 있었고, 차리티 행성에는 두 개의 성으로 이뤄진, 오로지 유성생식만 가능한 차리티인이 살고 있었다. 헤른인이 제기했던 문제는 차리티인의 기반인 이타주의의 관념이 너무 커져 행성 밖으로 벗어나 헤른 행성까지 이르고 있다는 것이었다. 성별이 둘이었던 차리티 행성에서 상대방을 먼저 배려하는 이타주의의 생각은 문명 초기부터 모든 것의 근본이 되었다. 그리고 문명이 발전하면서 행성인들 간의 텔레파시가 가능해지고, 이런 텔레파시를 통해 이타주의의 관념들이 소통되기 시작한 것이다. 이후, 차리티인들의 텔레파시 능력이 강해져 헤른 행성이 차리티인의 텔레파시의 범위 안에 들어가면서 헤른 행성이 위원회에 안건을 회부한 것이었다. 헤른 행성의 주장은 본래부터 자신의 문명은 성별이 없었고 무성생식이 가능했기 때문에 이기주의가 모든 것의 근본이었는데, 차리티의 텔레파시가 헤른 행성에 도달하면서 많은 행성 주민들의 원성이 끊이지 않는다는 것이었다. 텔레파시라는 것이 없었고 이타주의라는 개념이 없었던 헤른 행성 사람들에게 차리티 행성의 이타주의 개념이 담긴 텔레파시는 불편할 만도한 일이었다. 처음 안건이 제기되었을 때, 행성 유지위원회는 정보및 역사부서에 두 행성의 자료 조사를 먼저 요청했다. 자료실을 통해 두 행성에 대한 많은 양의 자료가 위원회에 제출되었고, 모든 자료는 헤른 행성이 제기한 문제를 뒷받침하였다. 따라서 위원회는 헤른 행성의 문제 제기가 정당하다고 결론 내렸다. 그 후, 행성 유지위원회는 '당신과 당신 행성의 가능한 모든 행복을 존중합니다.'라는 행성 유지법 제1조의 해당사항을 헤른 행성에 적용하고, '다른 생명체와 그 행성의 행복을 존중하지 않는 당신과 당신 행성의 가능한 모든 행복을 존중하지 않습니다.'라는 행성 유지법 제2조의 해당 사항을 차리티 행성에 적용하여, 모든 위원의 만장일치하에 차리티 행성을 폭파시켰다.

하지만 이후 차리티의 행성 잔해 분석 중 아주 미미한 텔레파시 신호가 감지되었는데, 그 내용은 '빌어먹을 헤른 놈들'이었다. 이타주의에 기반을 둔 차리티인들이 이런 말을 했다는 것은 이상한 일이었다. 그들은 타인에 대한 존중을 기반으로 이루어진 문명이었다. 이후 추가 조사가 이루어졌는데, 이를 통해 밝혀진 바에 따르면, 사건은 헤른인 중 하나가 여행 중 다른 행성의 선술집에서 옆테이블의 손님이 이타적인 차리티인들에 대하여 칭찬하던 것을 들은 것에서 시작되었다. 이 헤른인은 차리티 행성에 대한 칭찬은 헤른 행성에 대한 모욕이라고 생각하고, 주변 헤른인들에게 차리티인들을 몰살시키자고 종용하였다. 그들은 일부 차리티인들을 납치하여, 이기주의로 변화시킨 후 원래의 차리티 행성에 돌려보내기로 했다. 계획대로 차리티 행성에는 납치되어 이기적으로 세뇌된 차리티 인들이 생겨났고, 소수의 이기주의자만으로도 이타주의를 붕괴시 키기에는 충분했다. 차리티인의 식사 방식은 독특했다. 그들은 긴 숟가락과 젓가락으로 서로 다른 차리티인에게 음식을 먹여 줬다. 서로에게 음식을 먹여 주던 차리티인들은 자기 자신의 입에 음식 을 집어넣는 일부 차리티인들[** 헤른인들에 의해 납치된 후 세뇌되 어 보내어진 차리티인들]을 이해할 수 없었다. 하지만 시간이 흐르 면서 다른 차리티인들에게 음식을 먹여 주던 차리티인들은 점점 굶 어 죽기 시작했다. 끝까지 이타주의의 신념을 지킨 차리티인은 점차 사라져 갔고, 남은 것은 헤른인에 의해 이기주의가 된 자, 그리고 스 스로 이기주의가 된 자들뿐이었다. 이 같은 과정은 한 세대도 채 걸 리지 않았다. 헤른인들은 차리티인들이 생각보다 빠르게 이기주의 자로 바뀐 것을 보며, '역시 이기주의는 우주의 진리이지.'하며 만족 해했지만, 문제는 이기주의자들로 채워진 차리티인들이 텔레파시를 이용하여 헤른 행성을 침략하려 했다는 것이었다. 남은 이기주의자 들의 텔레파시는 약했지만, 그들의 텔레파시는 인근 헤른 행성에 도 달하기에는 충분했다.

결국 상황이 이에 이르자, 헤른 행성은 행성 유지위원회에 안건을 회부한 것이다. 자신들이 저지른 짓은 비밀로 한 채로 말이다. 단 한 번의 답사라도 있었다면, 단 한 번이라도 정보 및 역사 부서의 직원이 차리티 행성에 들렀었다면, 그래서 차리티인의 이기적인 텔레파시를 들었다면 행성의 폭발은 있지 않았을 것이다. 이후 행성 유지위원회의 규율에는 '안건에 관련된 모든 행성에 대하여, 정보 및 역사 부서는 1회 이상의 답사를 의무적으로 해야 한다'는 항목이 새로 생겼다)

정보 및 역사 부서의 직원이 답사를 하기 위해 지구에 도착해, 지구의 위치 및 궤도를 확인하기 위해 지브로 장치(* 우주의 중심인 샨트라를 중심으로 위치 정보를 알려주며 행성의 이동을 측정해 궤도 정보를 말해주는 내비게이션장치)를 켰을 때였다.

"여어. 여기 좋은 데가 있는데."

마지는 둥그렇게 생긴 돌 위에 지브로 장치를 올려놓았다.

노르선이 돌을 바라보며 말했다.

"둥그렇고 평평한 것이 식탁으로 써도 되겠는걸. 표면이 좀 오돌토돌하긴 하지만 말이야."

마지가 말했다.

"그러게 말이야. 가져가고 싶은 마음이 약간 생기~긴 하지만 안 될 소리지. 난 소중하니까."

노르선이 말했다.

"하하. 맞아. 연금은 받아야지. 이 딴 돌 때문에 연금을 포기할 수는 없잖아." (* 정보 및 역사 부서에서는 답사 행성의 물질 어느 것이라도 행성 밖으로 가지고 나오는 것을 절대적으로 금하고 있다. 이것은 그 물질의 가치 때문이라기보다는 이 같은 물질들에 의한 오염의 우려 때문이었다. 이 때문에 디바인을 비롯하여 어떤 행성에서라도 답사 행성의 물질을 소지한 채로 발각될 경우, '강도 및 절도죄'가 아닌 '환경 오염죄'가 적용되고, 이는 곧 정보 및 역사 부서 직원의 직위 박탈 및 불명예 퇴사를 의미했다)

"자 이제 일을 시작해 볼까나?"

마지가 힘을 주어 말하며, 지브로 장치의 덮개를 열었다.

지브로 장치에서 시작을 알리는 알람 소리가 나고, 잠깐의 시간이 흘렀다.

"새로운 주체가 탐지되었습니다. 동기화하시겠습니까?"

마지가 소리쳤다.

"얼씨구. 노르선. 위치 및 궤도 정보는 내가 확인할 테니까, 넌 다른 일 해."

멀리에서 노르선이 대답했다.

"뭐라고?"

마지가 더 큰 소리로 말했다.

"위치 및 궤도 정보는 내가 확인할 테니까, 넌 다른 일 하라고."

노르선이 대답했다.

"어, 난 아까부터 광물하고 대기 분석 중인데?"

마지가 말했다.

"일을 좀 집중해서 하라고. 지브로가 너랑 동기화하려 하잖아."

노르선이 대답했다.

"이놈의 인기란. 기계들마저 나만 졸졸 쫓아다니니. 알았습니다요. 집중하겠습니다아~"

마지는 지브로를 껐다 다시 켰다.

"새로운 주체가 탐지되었습니다. 동기화하시겠습니까?"

마지는 짜증을 내며 지브로를 껐다 다시 켰다.

"새로운 주체가 탐지되었습니다. 동기화하시겠습니까?"

마지가 말했다.

"아니요. 아니 되옵니다."

마지는 '거절' 버튼을 눌렀다.

"동기화에 실패하였습니다. 1회 실패. 3회 실패 시 샤이런 장치로의 접근이 제한됩니다. 계속하시겠습니까?"

"네. 쭈욱~"

마지는 '계속' 버튼을 눌렀다.

"동기화에 실패하였습니다. 2회 실패. 3회 실패 시 샤이런 장치로의 접근이 제한됩니다. 계속하시겠습니까?"

"아, 뭐야?"

마지는 짜증을 내며 지브로를 껐다 컸다.

"새로운 주체가 탐지되었습니다. 동기화하시겠습니까?"

"그러려면 그러시던지요."

마지는 마지못해 '동기화' 버튼을 눌렀다.

"현재 위치는 0라디안, 0버디안, 0델로이(* 샨트라를 중심으로 샨트라와 가장 가까운 행성인 자인 행성을 기본 축으로 했을 때, 시계 방향으로 0라디안, 기본 축을 포함하는 평면에 수직으로 0버디안, 그리고 중심인 샨트라에서 0델로이만큼 떨어져 있다는 의미임)입니다. 현재 궤도는 정지 상태입니다."

지브로 장치의 말을 들은 직원 마지는 짜증 섞인 목소리로 말했다.

"나 참, 행성 유지위원회의 정보 및 역사 부서도 이제 다 되었나 보군. 이 딴 물건을 들고 와서 조사를 해야 한다니."

마지는 덧붙여 중얼거렸다.

"한때는 명함만 내밀면, 그 콧대 높은 페어 행성의 우네들까지 함께 밤을 보내고 싶어했는데 말이야." (* 페어 행성의 주 생명체는 지구로 치면 남성에 해당하는 우마네, 여성에 해당하는 마네, 그리고 지구에는 없는 성별인 중성인 우네로 구성되어 있다. 이 중 우네인들은 아름다운 외모로 유명하며, 우아한 생각과 철학을 가진 존재들이다. 마네, 우마네 및 다른 행성의 모든 지적 생명체와의 성적 결합이 가능하다고 알려져 있으며, 우네인들과의 경험은 모든 생명체에게 평생 잊을 수 없는 쾌락이라고 전해진다. 이들은 성적 결합뿐 아니라 자손까지 생식이 가능하며, 그 자손은 두 개체[** 우네 및 상대자의 우수한 모습만 선택적으로 물려받는다고 한다. 우아한 미소로 유명했던 틀란 행성의 제이단 여제, 날룬 8테라에 제시되어 아무도 풀지 못한 에라이의 난제를 풀어낸 마이산 행성의 수학자 다푼, 그리고 그 아름답기로 유명한 록산트 우주선을 디자인한 함다르 행성의 쌍둥이 바드와 윙스 남매를 비롯하여, 역사상 많은 훌륭한 생명체가 우네인의 혈통이었다. 단, 우네인은 아주 고귀해 보이는 생명체와만 교감을 나눴고, 그렇기에 콧대가 높다는 오해를 받게 되었다. 하지만 '왜 우네인은 다른 우네인과는 성적 결합을 하지 않는가?'에 대해서는 아직 미스테리로 남아 있기도 하다)

마지는 장치를 바닥에 몇 번을 두드리면서, 계기판을 바라보았다.

노르선이 옆에 다가와 지브로를 바라보며 물었다.

"이게 무슨 소리야?"

마지가 대답했다.

"완전히 망가졌나 봐. 위치 정보는 샨트라이고, 궤도는 정지라니 이거 원. 노르선 너 요즘 드라그(* 마약의 한 종류) 해?"

마지의 물음에 노르선이 어이없다는 표정을 지었다.

"뭔 소리야? 내가 드라그 하는 것처럼 보여?"

마지가 말했다.

"아니."

역시나 괜한 질문이었다.

마지가 이어 말했다.

"동기화도 이상하고, 데이터도 이상하고. 거참 이상하네."

노르선이 말했다.

"내가 다른 장치를 가져올게. 어차피 생명체 분석 장치도 안 가져와서, 한번 갔다 와야 했거든."

"그래. 고마워. 길에 나 있는 꽃들을 조심하라고. 난 아까 그 꽃이란 것에 발가락을 스치고 나서, 온몸에 두드러기가 났다고. 조그맣다고 얕보지 마."

마지의 말에 노르선이 되물었다.

"꼬우라고?"

마지가 어이가 없다는 듯이 말했다.

"꼬우? 아니, 꽃 말이야. '꼬우'가 아니고 '꽃'. 자네는 지구

말 하는 데에는 영 젬병이구먼."

"이거 왜 이래? 아직도 말하고 사는 생명체가 남아 있는 것이 더 이상한 거지."

노르선은 작은 입술을 오므리면서 앞으로 내밀며 장난을 쳤다. 성대와 입을 이용해 말을 하면서 사는 생명체들에 대한 경멸의 표현이 담긴 장난이었다. 디바인 같은 행성 한가운데에서, 이런 장난을 쳤다가는 '행성인 간 차별 금지조약'을 위반한 죄로 바로 잡혀가게 될 일이지만, 디바인에서 한참 떨어진 이곳에서야 누가 잡아갈 일이 있겠는가?

마지가 말했다.

"저 꽃이란 것 말이야. 마치 우리 고향의 괴물 식물 중 하나인 타란을 닮았어. 저것은 손가락만하긴 하지만."

마지는 마치 방금 전에 악몽에서 깨어난 것처럼 몸을 떨었다.

노르선은 마지에게 한쪽 눈을 찡긋하며 말했다.

"네. 알겠습니다. 귀여운 타란 님을 조심하옵지요."

그러고는 노르선은 마치 징검다리를 건너는 듯한 시늉을 하며, 우주선을 향해 떠났다.

노르선이 다른 지브로 장치와 광물분석 장치를 가지러

떠난 사이, 마지는 꽃을 바라보고 있었다.

'역시 이곳은 키레네와 비교할 곳이 못 돼.'

6

지구의 위치와 궤도는 정말 이상했다.

노르선이 가져온 다른 지브로 장치도 같은 말을 되풀이했다.

"새로운 주체가 탐지되었습니다. 동기화하시겠습니까?"

"현재 위치는 0라디안, 0버디안, 0델로이입니다. 현재 궤도는 정지 상태입니다."

이번에는 마지가 새로운 지브로 장치를 가져왔지만 역시 같은 말만을 되풀이할 뿐이었다.

"젠장할. 뭐야 이거. 지브로 장치에 전염병이라도 도는 거야?"

마지가 손으로 지브로 장치의 덮개를 신경질적으로 닫으

면서 말했다.

"엘렉 바이러스에 걸린 것 아냐?"

노르선이 장치를 쳐다보다가 마지에게 고개를 돌려 조심스럽게 물었다.

"말이 되는 소리를 하게나. 엘렉 바이러스는 전자기 바이러스라고. 이건 샤이런 기반 장치야. 그것도 몇 달 전에 나온 최신형 샤이런 스타 장치라고." (* 샤이런은 핵력, 전자기력, 산나 등과 함께 우주를 구성하고 지탱하는 힘의 하나이다. 이 샤이런이란 힘은 다른 말로 '생명력'이라고도 일컫는데, 우주의 모든 생명체는 이 샤이런을 지니고 있다. 그래서 어떤 생명체이든 이 샤이런을 통해 우주에서의 자신의 위치를 무의식적으로 알고 있다. 지브로 장치는 이런 생명체 내 샤이런을 탐지하는 장치이다. 하지만 샤이런 장치들은 사용하기 전에 관찰하는 주체[** 사용자 같은]와 관찰되는 객체[** 지브로와 같은]가 일치되는 과정[** 동기화 과정]을 먼저 거쳐야 하고, 이후 정보 값을 얻어낼 수 있다. 샤이런 스타는 이런 샤이런을 이용한 계측 장치를 만드는 회사의 대표주자로 은하간 드리프트 계기판에서부터 행성계 지브로 장치에 이르기까지 많은 장치가 이 회사에 의해 만들어지고 있다. 물건 만드는 솜씨 좋기로 이름난 카펜트 행성에서 오르세 2테라에 창업자인 세레기에 의해 시작되었으며, 지난 네 번의 테라 동안 단 두 번의 오류가 보고되었을 정도로 그 정확도가 높다. 한 번은 소위 '관찰 주체자 심사' 과정에서 드라그를 복용한 응시자가 걸러지지 않고, 심사를 통과하는 과정에서 일어났다. [** 샤이런 기반 장치는 관찰하는 주체 내의 샤이런을 관찰되는 객체가 반영하는 것이기 때문에, 이 관찰 주체자 심사를 통과한 행성인들만이 샤이런 기반 장치를 사용할 수 있다] 용케도 이 제니안이라는 응시자는 드라그를 복용한 상태에서도 '당신의 출생 행성은?', '당신의 성별은?', '당신이 있는 곳은?' 등의 간단한 질문에서부터, '당신 인생의 목적은?', '생명체의 존재 이유는?', '우주의 존재 이유는?' 등의 다소 복잡한 질문에 이르기까지 거침없이 대답을 했다. 훗날 당시 심사를 담당했던 이디어라는 심사위원은 "세상 어떤 샤이런 심사위원도 그 친구가 드라그를 먹었다는 것을 알 수 없었을 걸요? 만약 누군가 그 사실을 눈치챌 수 있었다면, 그 심사위원도 이미 드라그를 먹은 상태였을 겁니다. 그리고 드라그를 먹고 심사할 수 있는 심사위원은 없지요."라고 말했다. 이 제니안이라는 친구는 심사를 통과한 후 다람 은하와 토미 은하 사이를 운항하는 샤랄라 우주선의 항해사로 발령받았는데, 샤이런 스타 사의 은하 간 드리프트 계기판을 보면서 다람 은하에서 토미 은하로 갔던 샤랄라 우주선은 "귀 우주선은 본 자이젠 은하의 율라 행성을 무단으로 침입하였습니다."라는 난데없는 방송과 함께 먼지로 변했다. 다른 한 번의 오류는 스피커의 고장 때문으로 알려져 있다. 당시 행성 탐사 요원이었던 아자시는 샤이런 스타 사의 당시 상황을 묻는 질문에 "아니 무슨 기계가 그 따위란 말요? 바위에 한 번 떨어졌는데, 스피커가 먹통이 돼 버렸다고요!"라고 대답했다고 한다. 오르세 2테라 말, 3테라, 4테라, 5테라의 지난 네 번의 테라 동안 두 번의 고장이 발생했는데, 그중 한 번의 원인치고는 어이없는 일이었다. 일부 음모론을 좋아하는 행성인들은 샤이런 스타 사에서도 스피커 고장이 아닌 다른 원인은 더 심각한 문제라는 것을 알고 있었기 때문에 그의 말을 순순히 받아들였고, 언론이 그렇게 보도하도록 내버려 둔 것이라고 이야기하기도 한다)

이후, 노르선과 마지가 한 번씩 더 다른 지브로를 가져왔고, 결과는 다를 게 없었다.

마지는 멍하니 지브로 장치를 바라보았다.

'이게 뭔 일이람. 내가 이제 샤이런 지브로의 마이너스 손으로 유명해지게 생겼구먼.'

7

마지와 노르선은 풀밭 가운데의 꽃들을 바라보며 한참을
말이 없이 앉아 있었다.

마지가 먼저 입을 열었다.

"키레네가 훨씬 나았지?"

"암, 그렇고말고. 키레네인들이 자기 행성과 지구가 비교
되고 있다는 얘기를 들으면 아주 기분 나빠할걸. 아직 불쾌
함이라는 감정이 남아 있지는 않겠지만 말이야."

노르선은 말을 하고는 손에 쥐고 있는 작은 돌을 꽃들 사
이로 던졌다.

마지가 말했다.

"맞아. 그 친구들 최근에 생긴 행성치고는 꽤 쓸 만하더라

고."

"그렇지. 중간에 한 번 망했다가 다시 시작한 것까지 생각하면, 대단하지. '사운트 은하의 기적'이라 불릴 만해."

마지와 노르선은 다시 한동안 말없이 풀밭의 꽃들을 바라보며 말없이 앉아 있었다.

노르선이 다시 작은 돌을 꽃들 사이로 던지며 말했다.

"키렌이라고 했던가? 그 푸른 빛의 수정체들 말이야. 도시를 밝히고 있던."

"맞아. 키렌."

"그것들을 보고 있자니, 참 마음이 편하던데. 아주 장관이던걸. 마치 어렸을 적 엄마의 품에 안겨 있던 기분이었어. 그 거대한 파란 돌이 온화한 느낌을 준다는 게 참 신기해."

노르선은 말을 하고는 시선을 하늘로 향했다. 구름이 낀 파란 하늘이었다.

마지가 말했다.

"그러게. 파란색이 온화한 느낌을 주기는 힘들기는 하지. 파란색의 음식이 없는 것을 봐봐."

노르선이 고개를 돌려 마지를 바라보았다.

"그럼. 리바이탈 넥타르는?"

마지가 다시 물었다.

"그게 파란색이었어?"

"응. 파란색인데. 어떻게 그걸 모를 수가 있지?"

"그랬군. 그리고 보니 난 한 번도 리바이탈 넥타르의 색깔을 본 적이 없네. 난 리바이탈 넥타르가 반짝이는 액체인 줄로만 알았는데."

노르선이 눈이 커지며 말했다.

"반짝이는 액체라고? 그건 준시 용기가 그런 거지. 하하. 그런 걸 먹고 자네가 멀쩡했을 거라 생각하는 거야?"

마지가 물었다.

"반짝이는 게 뭐 어때서?"

노르선이 대답했다.

"반짝이는 것은 안에 뭔가 엄청난 게 섞여 있다는 거라고. 그런 걸 먹고 멀쩡할 리가 없잖아."

"그런 건가?"

마지는 말끝을 흐렸다.

'온화한 느낌의 파란색 수정들이라.'

"생명체 분석이 완료되었습니다. 부서 내 서버로 정보 전송이 완료되었습니다."

생명체 분석 장치의 미션 수행 완료를 알리는 소리가 들려왔다.

"이제 다 끝난 건가? 이제 외근도 끝이구면."

마지가 말했다.

"그런데 위치 및 궤도 정보는 어쩌지?"

노르선이 물었다.

"별수 있겠어. 나온 대로 보고하는 거지."

마지가 대답했다.

"그래야겠지?"

노르선이 다시 한번 물었다.

"그래도 키레네에서 얻은 위치와 궤도 정보가 있잖아. 어차피 얼마 후 키레네와 지구가 충돌한다는 사실은 바뀌지 않는다고."

마지가 대답했다.

"하긴 그렇군."

그러고는 노르선은 풀밭의 꽃들을 보며 눈을 찡긋하며 말했다.

"이제 안녕이네. 꼬우."

8

지구와 키레네는 쌍둥이 행성이었다.

마치 일란성 쌍둥이가 하나의 수정란에서 분리가 되듯 이들은 하나에서 서로 분리되었다.

먼저 가드인 하란은 행성의 씨앗인 싼타페를 한가운데에 놓은 후 주위를 각종 물질로 둘러쌌다. 싼타페 주위의 물질이라고 해봐야 특별한 것은 없었다. 그저 우주에 흘러다니는 여러 물질들이었다. 행성 만들기의 비법은 싼타페에 있었다. 주변 물질 갖다 붙이는 거야 가드인이 아니더라도 웬만한 선진 행성의 행성인이라면 누구나 가능하였다. 이건 흡사 찰흙 놀이와 비슷하였다. 하지만 싼타페, 이것을 만들어 내는 것은 가드인의 특별한 능력이었다. 행성의 씨앗 또는 생명의 근원이나 다름없는 이 싼타페는 아주 오래전부터 우주에 존재했고, 어떤 우연에 의해서도 만들어지기도 했지만, 이것을 인공적으로 만들어 내는 것은 가드인을 제외한 그 누구도 할 수 없었다. 아무리 주변 물질을 생명체가 살기에 적당한 조건으로 만든다고 해도 싼타페 없이는 생명체가 생겨날 수가 없었다. (* 오르세 3테라 후반에 선진 행성 중 하나인 플라타 행성인들은 단세포에서 시작하여 0.5테라 만에 인근 은하 30개를 장악한 거대 문명을 만들어 내었던 파슨 행성과 파슨인들을 모델로 연구와 실험을 하였다. 그들은 파슨 행성의 토양을 비롯한 행성의 물질 구성이 생명체의 진화에 최적의 조건을 갖추고 있는 사실을 알아내었고, 파슨 행성과 같은 물질을 조합하여 행성을 만들어 냈다. 하지만 거의 2테라의 시간이 지난 지금도 개미 새끼 한 마리라도 생겼다는 얘기는 들려오고 있지 않다. 이 외에도 여러 실험은 쓸 만한 행성, 그러니까 생명체가 있는 그런 행성이 되기 위해서는 내부에 싼타페라는 이 중심체가 있어야 한다는 사실을 어김없이 보여 주었다)

거기에다가 하란이 보여준 혁신적이라 할 만한 일은 그 싼타페를 두 개로, 그리고 정확하게 절반으로 분할시켰다는 것이었다. 주위 물질은 키레네에게로 약간 더 쏠려 키레네의 밀도가 지구보다는 약간 높기는 했지만 말이다. (* 어떤 이들은 이를 근거로 '대체 어느 누가 실습 시간에 이런 대단한 일을 하고 있단 말인가? 이것은 종이 공작 실습 시간에 은하 간 드리프트가 가능한 우주선을 만들어 낸 것이랑 같은 것이다'라며 지구의 실습 시간 기원설을 반박하기도 한다)

가드인 하란은 멋지게도 싼타페가 들어 있는 행성을 둘로 분할한 후, 서로 반대 방향으로 궤도를 그리게 하였다. 오르세 3테라 초반의 어느 날이었다.

그리고 이 두 행성의 이름이 지구와 키레네였다.

처음에는 뜨거운 불덩어리와 같았던 두 행성은 차차 식어 갔고, 좀 지나서 거의 비슷한 시기에 두 행성에서는 초기 생명체가 생겨났으며, 두 행성은 비슷한 정도로 진화가 진행되었다. 다른 행성보다는 빠른 진화 속도였지만, 그렇다고 아주 많이 빠른 진화는 아니었다.

오르세 4테라 중반이 되었을 때, 지구와 키레네에는 상당한 수준의 문명이 형성되어 있었다. 이 두 행성에는 모두 거대 금속도시가 있었으며, 형평성에 맞는 법률 체계가 있었고, 땅, 그리고 하늘과 바다는 여러 운송 수단으로 가득 차 있었다. 우주로 나오기까지 얼마 남지 않은 그런 시간이었다.

하지만 거기까지였다.

오르세 4테라 중반의 어느 날, 두 행성은 충돌하였다. 우주에는 워낙 많은 행성들이 있기 때문에 행성 간 충돌이 잦을 것 같지만, 사실 행성이 충돌하는 일은 아주 드문 일이었다. 많은 행성들은 각 행성의 태양, 그리고 은하의 중심의 주위로 회전하기도 하고, 이 은하 또한 우주의 중심인 샨트라의 주위로 돌고 있기 때문이다. 또한 우주는 아주 넓기도 하다. 게다가 생명체가 살고 있는 쓸 만한 두 행성이 충돌하는 것은 우주 역사상에서도 손에 꼽을 정도로 아주 희귀한 일이다. 아마도 가드인 하란이 두 행성의 궤도를 인공적으로, 그것도 정반대로 만들어 낸 것이 문제였을 것이다. 그나마 불행 중 다행이라고 해야 할까? 두 행성은 정면 충돌은 피했다. 그것은 마치 키스에 가까웠다. 하지만 충돌에 의한 충격은 엄청났다.

키레네는 지구보다 운이 좋았다. 모든 생명체를 멸종시키고, 바닷물을 전부 증발시킬 정도의 온도 상승이 있었을 뿐 그래도 형체는 원래와 거의 비슷한 모습이었다. 지구는 키레네보다 운이 나빴다. 충돌의 충격으로 인해 주위 물질 일부가 지구에서 분리되었고, 이러는 과정에서 아주 미미한 양의 산타페도 함께 방출되었다. 이들 중 대부분은 지구로 돌아왔지만, 일부는 키레네의 중력에 붙들렸다. 일부 가벼운 주변 물질의 먼지들은 지구에 돌아오지도, 키레네에 붙들리지도 않은 채 지구 주위에 머물렀다.

충돌 후, 지구는 불덩어리로 변했다. 그리고 지구 주위의 지구로 돌아오지 못한 주변 물질들은 모여서 다른 작은 불덩어리가 되었다. 그리고 모든 것이 다시 시작되었다. 시간이 지남에 따라 역시 차차 식어갔고, 좀 지나서는 예전처럼 초기 생명체가 나타났다. 그리고 다시 진화가 시작되었다. 키레네는 회복 속도가 빨랐다. 지구와 충돌한 부분이 붉게 타오르기는 했으나 좀 지나서 원래의 모습을 찾았고, 초기 생명체가 나타나기 시작했다. 게다가 지구와 충돌하면서 날아온 산타페 조각들은 표면에 박히면서 초기 생명체의 등장을 앞당겼으며, 진화가 아주 빠른 속도로 일어나게 하는 것에 도움을 주었다. 지구로 다시 향했던 산타페 조각들은 높은 밀도로 인해 불덩어리의 중심으로 다시 돌아갔지만, 키레네의 중력에 붙들렸던 산타페 조각들은 아직 남아 있던 딱딱한 표면에 박혀버린 것이다.

그리고 오르세 5테라 후반.

지구 행성의 지구인의 모습은 처참했다. 정보 및 역사 부서에 따르면, 지구에서 오는 신호는 "배고파", "섹스하고 싶어", "살려줘". 이런 것들뿐이었다. 가끔 지구인들이 자신들의 목소리나 도구를 이용해 높고 낮은 톤을 섞어서 이상한 신호를 보내기도 하는데, 정보 및 역사 부서의 분석에 따르면 그것도 내용의 대부분이 "섹스하고 싶어"였다고 한다. (* 아주 최근에 "안녕! 행성 유지위원회 친구들."이라는 신호가 지구로부터 잡힌 적이 있었는데, 정보 및 역사 부서에서는 "이것은 단지 우연의 결과일 뿐이며, 단어의 무작위 변경이나 추가로 충분히 가능한 일이다."라며 분석 결과를 발표하였고, 친절하게도 다음과 같은 예까지 들어주었다. "나는 우주를 생각한다. 고로 우주가 존재한다." 그리고 "이처럼 이전에 있는 문장에 무작위적으로 단어를 변경 또는 추가함으로써 이런 말도 안 되는 문장들이 우연히 생성될 수 있으며, 원문의 경우 '식량' 또는 '생명' 등의 단어가 무작위적으로 변경된 것으로 보인다. [** 지구의 여러 자료들은 지구에 '식량 유지위원회', '생명 유지위원회'가 있음을 보여 주었다]"라고 덧붙였다. 정보 및 역사 부서의 이 발표에 대해서 많은 이들의 반응은 "그런 쓸데없는 분석이나 하라고 내가 탈란[** 세금] 내는 것은 아니라고!"였다) 게다가 이들은 무슨 생각인지 같은 지구인을 죽이기도 하는데, 이런 행태는 전 우주를 통틀어 지구에서만 유일하게 발견된 모습이다. 수많은 다른 선진 생성이나 개발도상 행성들도 과거에 지구의 지금과도 비슷한 발전 단계를 거치기는 했으나, 이 동족 살인의 특징은 나타난 적이 없었다. (* 지구 행성에 대한 논문은 그 수가 매우 적음에도 논문의 주제 대부분이 이에 대한 것일 정도로 이 같은 지구인의 습성은 여러 연구자들의 관심사이다) 아직도 지구 행성에는 성대와 입을 이용하는 의사소통 형태가 남아 있으며, 바퀴 달린 운송 수단이 남아 있었다. 이런 지구 행성의 모습은 지난 충돌 이전보다도 훨씬 못 미치는 것이었다. 그래서 지구는 문명화 기준에 따른 행성 분류에서는 '미개발(* undeveloped)', 다툼 위험 기준에 따른 행성 분류에서는 '전혀 다툼 위험 없음'에 속해 있다.

이에 비하면 키레네는 별천지와 다름없었다.

생명의 원천이 표면의 여기저기에 흩뿌려져 있던 키레네에서는 초기 생명체가 일찍 생겨났을 뿐만 아니라, 발전 속도 또한 놀라웠다. 비록 파순 행성만큼의 미친 진화의 속도는 아니었지만, 오르세 5테라 중반에 키레네는 이미 개발도상 행성의 정점에 다다랐다. 키렌은 모든 행성에 걸쳐 자신의 생명 에너지를 발산함으로써 이들을 고귀한 문명에 이르도록 이끌었다. 행성의 야경은 그야말로 장관이었다. 여기저기에 거대하게 우뚝 서 있는 키렌들은 장엄하기도 하지만, 신기하게도 보는 존재들의 마음을 편안하게 하는 구석이 있었다. 모든 키레네인들의 생각은 이 키렌들을 중심으로 서로 얽혀져 있었고, 그 생각들의 대부분은 상대방에 대한 존중 그리고 상대방의 행복에 대한 기원의 내용들이었다. 이들 키레네인들은 행성의 태양인 싸인의 빛만으로도 먹지 않고 살 수 있었고, 잠이 필요가 없었으며, 언제나 따뜻한 기후에 옷은 애초부터 필요가 없었다. 그리고 모든 선진 행성, 그리고 앞서 나가는 개발 도상 행성들이 그렇듯, 이곳에서도 아이들도 태어나자마자 양육 시설에 보내졌고, 그들은 효과적으로 키레네 문명에 대해 교육받고 훌륭한 키레네인으로 성장했다.

결국 오르세 5테라 후반의 시작쯤에 이르러 키레네는 우주로 행성 간 여행을 시작했고, 얼마 지나지 않아 은하 간 드리프트가 가능하게 되었다.

키레네는 우주의 여러 개발도상 행성들의 모범 사례였고, 벤치마킹의 대상이었다. 많은 행성들에서 키레네에 파견을 보냈으며, 그들은 고향으로 돌아가 자신들의 행성이 진화하는 데 앞장섰다. (* 일부 파견자들은 본 행성으로 돌아가지 않거나 돌아가지 못했고, [** 본 행성이 사라졌거나, 파견 기간 중에 생명체가 살지 못하는 환경으로 바뀐 경우 종종 이런 일이 생겼다) 키레네에 남았는데, 이들의 후손이 하프키레네인들이었다. 하지만 이들은 외모가 다를 뿐, 모든 삶이 키레네인들과 다를 게 없었다. 저 위대한 푸른 키레네인들은 이들 또한 자신의 생명들로 받아들였고, 그들을 고귀한 생명체로 만들어 냈다)

많은 행성인들은, 특히 키레네 행성에 다녀온 행성인들은 키레네와도 같은 우수한 행성이 왜 아직도 개발도상 행성으로 분류되는지 이해를 못 하겠다고 이야기하곤 한다. 하지만 이것은 행성 등급 위원회의 행성 분류 기준을 잘 몰라서 하는 소리이다. 행성 등급 위원회는 정보 및 역사 부서의 자료를 바탕으로 행성을 분류하는데, 분류 기준 중 하나인 문명화 기준의 분류에 따르면 행성은 미개발(* undeveloped) 행성, 개발도상(* developing) 행성, 선진(* developed) 행성으로 분류된다. 이 중 미개발 행성과 개발도상 행성은 성대와 입을 이용하는 의사소통 형태가 남아 있는가?, 바퀴를 이용하는 운송 수단이 남아 있는가?, 법률체계에 정의롭지 못하고, 형평성이 결여된 부분들이 남아 있는가? 등을 비롯하여 많은 기준에 따라 분류된다.

하지만 개발도상 행성과 선진 행성을 나누는 기준은 오직 하나만 존재할 뿐이다. '후킹이 가능한가?' 후킹이란 시간을 멈추게 하는 능력으로, 시간의 일부를 낚아챘다는 의미에서 '후킹'이라는 용어로 우주 널리 통용되고 있다. 행성의 문명이 발전하면, 이 후킹을 얻기에 앞서, '푸팅'이라는 힘을 획득하는 단계가 있다. '푸팅'은 미래의 시간으로 이동할수 있는 능력을 가리킨다. 많은 우주인들이 푸팅을 후킹보다 진화된 형태의 힘으로 착각들을 하고는 한다. 하지만 대부분의 경우 진화의 단계에서 푸팅이 후킹보다 앞서 등장한다. 잠시만 생각해 보면, 그 이유를 간단히 이해할 수 있다. 나 또는 나의 행성이 푸팅을 통해 미래의 시간으로 간다 해도, (* 우주 전체가 푸팅하는 일은 없다. 이론상 우주의 푸팅은 가능하기는 하지만 이것은 실제적으로 우주 시간의 정상적인 흐름과 구분이 불가능하기 때문이다) 이것은 진화에 필요한 시간만 잡아먹을 뿐이지 그 외에 아무런 이득이 없다. 푸팅의 시간만큼 다른 이 또는 다른 행성의 진화보다 뒤처지게 되는 것이다. 그렇기 때문에 이 푸팅이란 능력은 대부분의 행성에서 실험으로 가능하다는 것만 확인할 정도이지 실제로 시행하는 경우는 없다. (* 이와 같은 현상은 바보 같았던 그리드 행성의 선례와도 관련이 있다. 그리드 행성의 문명은 프라이란 3테라에 시작되었다. 프라이란 7테라에 그리드 행성에서 푸팅의 발견이 이루어졌다. 개발도상 단계의 막바지였다. 그리드 행성인들은 푸팅의 발견에 도취한 나머지 자신의 행성 그리드를 푸팅하는 바보 같은 짓을 저질렀다. 탐욕에 눈이 먼 그리드인들은 푸팅 후 그들이 주위 다른 행성인들보다 우월한 존재가 될 것이라 생각했다. 하지만 그것은 아주 큰 오산이었다. 저킹저킹[** 과거의 시간으로 가는 것을 '저킹'이라고 하는데, 이 방법은 이론적으로나 현실적으로 불가능한 것으로 알려져 있다]이 가능하지 않는 푸팅 후의 세상에는 그들에게 우월감을 느끼게 해 주어야 할 푸팅 전 세상의 주위 행성인들은 존재하지 않았다. 푸팅의 목적지는 날룬 3테라였다. 푸팅이 이루어졌을 때, 그들 주위의 행성은[** 이들은 그리드가 푸팅하기 전 아직 미개발 행성들이었다. 행성에는 초기 생명체에서 좀 더 진화한 지구의 바퀴벌레와 비슷한 모습의 레이드와 지구의 해마와 비슷한 히포가 살고 있었다] 이미 선진 행성 중에서도 가장 앞서나가는 선두가 되어, 전 우주의 존경과 부러움을 받고 있었고, 그리드 행성은 여전히 개발도상 행성일 뿐이었다. 그리드인들은 거대한 바퀴벌레와 해마의 모습을 한 레이드인과 히포인이 그들의 행성에 찾아와 "당신은 지나치게 미개하지만, 우리는 당신들을 존중합니다." 라고 말했을 때, 깊은 후회의 눈물을 흘렸다. 누군가가 탐욕에 눈이 멀어 앞으로 일어날 일에 신경을 쓰지 않고 무모하게 일을 벌이는 바보 같은 행동을 저지를 때 행성인들이 흔히 내뱉는 "그리드는 혼자서 앞으로 걸어갔다네."라는 것도 여기서 시작된 것이다)

이 푸팅의 다음 진화의 한 단계로 후킹이 있다. 후킹의 경우 푸팅보다 많은 이점을 가지고 있다. 우주를 정지시키고, 자신의 행성만 진화를 할 수 있기 때문이다. 코트인 행성도 이 능력을 가진 선진 행성에 속했다. (* 명분상으로만) 날룬 4테라에 생성된 이 행성은 오르세 1테라 초반에 후킹이 가능하게 되었다. 코트인인들은 후킹이 가능해지자마자 이를 실행에 옮겼는데, 이 과정에서 3테라 분의 진화가 이루어졌다. 하지만 후킹을 하게 되면, 우주의 시간에 적응되는 시간이 필요했고, 이 시간은 후킹한 만큼의 시간과 비례하였다. 보통 3테라의 후킹당 1테라의 적응 시간이 필요했다. 후킹을 마친 직후에 그들이 하는 의사의 표현은 너무 빨라 알아들을 수 없을 정도였다. 그것은 마치 분필로 칠판을 긁는 소리와 비슷했다. 한참의 시간이 지나야 겨우 그것을 알아들을 정도였다. 이 같은 그들의 표현 방식은 다른 우주인에게 좋지 않은 인상을 풍겼다. (* 행성 유지위원회의 위원장인 사트안은 의사 표현이 빠르기로 유명한데, 일부 직원들이 그가 코트인인일지도 모른다며 농담하는 것도 이런 이유에서이다) 그리고 많은 우주인들은 성실함과 주위와의 조화를 중요시했다. 후킹을 한다고 해서, 후킹하는 동안 그들이야 평소와 다를 바 없이 지내기는 하지만(* 사실 후킹이 행해지는 많은 행성인들은 하늘이 어두워지고 주변의 빛이 사라졌다고 생각할 뿐, 자신의 행성이 후킹 중이라는 것을 눈치채지 못한다) 후킹이라는 것은 주변과의 조화에 어긋나겠다는 의미가 있었고, 많은 우주인들은 이것을 좋은 시선으로 바라보지 않았다. 어떤 이들은 시간을 멈추는 것을 아주 비열한 행위라고 생각하고, 또 많은 이들은 후킹이 있으면 후킹한 시간만큼 우주의 역사도 짧아진다는 믿음을 가지고 있었다. '후킹'이라는 단어는 어떤 면에서는 다른 우주인의 시간을 낚아챈다는 그런 뉘앙스를 가지고 있었고, 이런 이유 때문에 '후킹'이라는 단어는 우주인들에게 직관적으로 다가왔다. 그래서 '푸팅'과 달리 '후킹'은 같은 의미를 지닌 다른 표현이 존재하지 않았다. (* '푸팅'의 경우에는 '점핑', '패스팅', '드리핑' 등 많은 다른 용어가 혼용되어 사용된다) 그래서 후킹 또한 기술을 보유하고 있더라도 실제로는 거의 사용되지는 않았다.

키레네 행성은 이 '후킹'의 기술이 아직 없었다. 그렇기 때문에 키레네의 문명화 등급은 아직 '개발도상 행성'인 것이다.

그리고 오르세 5테라 후반.

키레네는 그들의 궤도를 확인하던 중 기가 막히는 사실을 새로이 알게 되었다.

키레네 행성의 궤도상에 지구가 있다는 것을 말이다. 6개월 후 두 행성은 예전처럼 다시 충돌하게 된 것이다. 게다가 이번에는 궤도의 한가운데에 지구가 있었다. 정면 충돌을 의미하는 것이었다. 첫 번째 충돌은 운 좋게도 스치기만 하는 정도였고, 키레네 행성에 그리 큰 영향을 주지 않았지만, (* 상대적인 의미에서) 이번 충돌은 행성의 사라짐을 의미했다. 오랜 시간 동안 단 한 번의 흔들림도 없었던 키렌의 파란 불빛이 잠시 어두운 빨간색으로 변했다가 다시 돌아왔다.

키레네인의 어머니이자, 정신의 중심체이기도 했던 키렌은 당장 지구로 연락을 취했다. 하지만 지구에서는 아무런 대답이 없었다.

다음으로 키렌은 키레네인 몇 명을 지구로 보냈다. 하지만 그들이 가지고 돌아온 대답은 절망적이었다. 지구는 아직 미개발 행성이었으며, 지구인들은 키레네인들을 보면 다들 놀라 자빠지는 통에 정보를 전달할 수가 없었다는 것이었다. 어쩔 수 없이 키레네인들은 지구인 몇 명을 잡아서 그들의 머릿속에 정보를 입력한 후 돌려보냈는데, 지구인 중 그들의 말을 믿어주는 이가 없었다고 했다. 파견된 키레네인들은 많은 지구인에게 효과적으로 정보를 전달할 방법을 모색하던 중 인터넷이라는 것을 찾았고, 키레네인들이 키렌을 중심으로 서로 연결되어 있듯이, 지구인들은 이 인터넷이라는 것으로 연결되어 있고, 이 인터넷은 컴퓨터라는 장치를 통해 접속할 수 있다는 사실을 알아내었다고 한다. 그래서 이 컴퓨터라는 장치에 대한 정보를 얻기 위해 지구에 보내진 키레네인 중 정보 및 기술팀 몇 명이 파란 타원형의 로고를 가진 어느 컴퓨터 회사에 몰래 잠입했는데, 아무리 시간이 지나도 그들이 돌아오지 않자 결국은 키레네로 돌아왔다는 것이었다.

더 이상 지구에 무언가를 기대할 수 없었다. 게다가 자신의 행성인들이 지구에서 돌아오지 못했다는 이야기를 듣고, 키렌은 마지막으로 남아 있던 지구 행성에 대한 미련을 버리기로 했다. 결국 키렌은 지구와의 충돌 관련 내용을 행성 유지위원회에 회부하였다. (* 키레네도 행성 폭파 능력을 보유하고 있었다. 하지만 무단으로 행성을 없애버리는 행위는 아주 큰 범죄였고, 지구를 없앤다는 것은 곧 키레네 또한 사라짐을 의미했다) 그리고 행성 유지위원회는 정보 및 역사 부서에 관련 자료를 마련해 달라고 요청했다. (* 앞서 말한 것처럼 3주일 전에) 이에 정보 및 역사 부서는 부서 내의 데이터를 분석하고, 키레네 행성과 지구 행성에 답사를 시행한 것이었다.

10

"자료는 이미 보내드린 것과 같습니다."

마지가 말했다.

"그래. 서둘러줘서 고맙네."

행성 유지 위원장인 사트안이 말했다. 시선은 데이터 돌판을 향하고 있었다.

그러고는 손가락으로 책상을 빠르게 두드리며, 신경질적으로 말을 이었다.

"한심한 것들 같으니라고. 아니 자기 행성이 충돌하는 걸 반년 전에서야 알아챘다는 게 말이 돼? 더 어처구니가 없는 게 뭔지 아나?"

마지는 이전에 본 적 없는 위원장 사트안의 신경질적인 모습에 사뭇 놀랐다. 사트안은 말이 빠르긴 해도, 언제나 침착한 모습을 유지하는 것으로 유명했다.

"네? 잘 모르겠습니다만."

"웃긴 게 말이지, 이 지구인이란 것들은 자기 행성이 조만간 충돌한다는 걸 눈치도 못 챘다는 거야. 자기 행성 날아가는 줄도 모르고 섹스나 해대고 있겠지."

마지는 얼마 전 답사할 때의 기억이 떠올랐다.

"어느 정도 이해가 갑니다."

"어쨌든 수고했네. 나가 보게."

위원장은 나가라는 손짓을 했다.

"그런데 그게 말입니다."

마지가 머뭇거리면서 말했다. 이 말에 사트안은 고개를 들어 처음으로 마지를 쳐다보았다.

"혹시 지구의 위치 및 궤도 관련 자료 보셨습니까?"

사트안이 대답했다.

"아, 그 내비게이션 장치 관련 건 말인가?"

마지가 대답했다.

"네. 맞습니다."

사트안이 말했다.

"걱정 말게. 이번에 샤이런 스타가 큰 사고 한 번 친 모양이야. 생산 라인에 문제가 있었다고 하더라고. 여러 대에서 문제가 보고되었네. 얼마 전 바이만 행성 답사팀도 지브로 장치들이 이상하다고 보고했네." (* 바이만 행성은 주변 행성들이 연합하여 자신의 행성에 위협적인 무역 다글[** 다수의 행성이 하나의 행성을 집요하게 괴롭히는 행태로 '당신과 당신 행성의 가능한 모든 행복을 존중합니다.'라는 행성 유지위원회의 행성 유지법 제1조의 위반에 해당하는 중죄이다]을 가한다며 이를 행성 유지위원회 안건으로 회부했다. 3년 전에 안건이 회부되었으나, 행성 유지위원회는 한 달 전에 정보 및 역사 부서에 조사를 요청하였다. 바이만 행성에 다녀온 정보 및 역사 부서의 동료 마틴에 따르면, 답사팀이 도착했을 때에 바이만인은 이미 사라지고 없었다고 한다. 행성을 떠나다가 우연히 바이만 행성 궤도상에 떠 있는 안내판을 봤는데, "우주 나가기가 두렵다"라고 씌어 있었다고 한다)

마지는 안도의 한숨을 쉬었다.

"그렇다면 다행입니다. 얼마나 놀랐던지."

"그런 걱정할 시간에 휴가 계획이나 세우라고. 살면서 파르세 행성을 한 번이라도 갈 수 있다는 것은 큰 축복이라네."

말은 하고 있지만, 사트안은 이미 데이터 돌판을 뚫어지라 쳐다보고 있었다. 여전히 손가락으로 책상을 빠르게 두

드리며 말이다.

"네. 알겠습니다."

마지는 인사를 하고 위원장실을 빠져나왔다.

마지는 생각했다.

'거 참, 다행인걸.'

사트안의 신경질적인 통화하는 소리가 위원장실 밖에까지 들려왔다.

"마들린, 일주일 후 지구와 키레네 충돌 관련 안건에 대한 위원회 소집하고, 키렌하고 지구 대표에게 안내 마블 보내. 아무리 미개발 행성이라도 멀쩡한 친구 하나는 있겠지."

"누구게?"

키맨이 마지의 뒤에서 눈을 가리면서 말했다.

"키맨이겠지 뭐. 나에게 이 유치한 장난치는 거는 너뿐이야."

키맨이 멋쩍어하며 말했다.

"유치한 장난이라니? 이거 섭섭한데. 이건 우리 고향에서는 사랑하는 이에게만 하는 아주 특별한 인사라고."

"그래? 그럼 제대로 하던지. 나에게는 꼬리에도 눈이 있다
는 걸 잊은 거야?"

마지가 말했다.

키맨은 알았다는 눈빛을 보내며, 양손으로 마지의 꼬리를
부드럽게 감쌌다.

"누구게?"

마지는 두 눈을 감은 채 숨을 깊게 들여 마셨다가 다시
내쉰 후, 다시 눈을 떠 키맨을 바라보며 말했다.

"내 사랑. 키맨."

키맨이 말했다.

"내 사랑. 마지."

마지가 물었다.

"그런데 어디 가는 길이야?"

키맨이 답했다.

"위원장실에. 긴급호출이야."

마지가 말했다.

"나도 거기서 오는 길인데."

키맨이 웃으면서 말했다.

"그래? 대체 무슨 일이길래 정보와 역사 부서의 최우수 직
원이 둘씩이나 필요한 거지?"

마지가 말했다.

"그건 아닌 것 같은데. 최우수 직원 하나와 샤이런 스타에서 쫓겨난 풋내기 직원 하나가 필요한 거지."

키맨이 말했다.

"다시 말하지만 난 쫓겨난 게 아니라 너와 함께하고 싶어서 여기로 옮긴 거라고."

마지가 비꼬았다.

"그러서? 나를 만나게 될지 어떻게 미리 알았을까나?"

키맨이 말했다.

"난 알고 있었다니까. 난 강한 샤이런의 소유자라고."

마지가 손을 절레절레 흔들며 말했다.

"알았네요. 제아이 님." (* 제아이는 우주 역사상 가장 강한 샤이런을 가진 것으로 기록된 파룬 행성인으로 우수한 두뇌에 염력, 예지력까지 소유한 것으로 알려져 있다)

마지가 말을 이었다.

"그런데 무슨 일이래? 뭐 집히는 거라도 있어?"

키맨이 말했다.

"모르지 뭐. 가봐야 알겠는걸."

마지가 말했다.

"파르세 가기로 한 거 잊지 않았지?"

키맨이 경례하며 말했다.

"넵!"

"잘 다녀와."

마지가 손을 흔들었다.

"넵!" 키맨은 다시 한 번 경례를 하고는 뒤돌아서 뛰어갔다.

정보 및 역사 부서 파트 원의 파트 내 직원들에게 '지브로 내비게이션의 원리'에 대한 프리젠테이션을 하는 것은 쉽지 않았다.

지브로 내비게이션은 근본적으로 이전의 다른 계측 기기와 다른 특징을 가지고 있었다. 그동안의 계측 기기는 계측 기기 자체가 정보를 수집하고, 사용자에게 정보를 전달하는 방식이었다. 이 장치들에서 사용자, 즉 계측하는 주체는 계측 기기의 정보 값만 읽으면 그만이었다. 하지만 샤이런 기반 장치는 주체가 되는 생명체 내의 샤이런을 탐지하게 된다. 모든 생명체에 깃들어 있는 샤이런을 지브로 내비게이션이 읽어내는 것이다. 이 같은 방식은 기존 방식과 비교도 안 될 정도의 높은 정확도를 가지고 있었다. 이런 과정을 위해서는 관찰하는 주체와 관찰되는 객체의 상호 인식이 필수적이고, 이를 위해 동기화라는 과정이 필요하다. 이 동기화 과정을 통해 관찰하는 주체, 즉 사용자는 관찰되는 객체, 즉 지브로를 '너'라는 것으로 인식하게 되며, 관찰되는 객체 또한 관찰하는 주체를 '너'라고 인식하게 된다. 이와 같은 과정은 그림을 그린다거나, 조각을 한다거나, 글을 쓴다거나, 교감을 나눈다거나 하는 행위와 비슷하다. 무언가에 몰두해서 그것과 하나가 되는 과정이 될 때, (* 어떤 이는 이러한 과정을 '혼연일체' 라고 표현하기도 한다) 비로소 동기화가 진행되며 이 동기화 과정을 거치고 나면, 사용자의 샤이런 정보를 샤이런 기반 장치가 받아들이게 된다. 그렇기 때문에 샤이런 기반 장치 또한 샤이런을 지닌 생명체인 것이 유리하며, 현재 쓰이는 샤이런 기반 장치는 타다인 행성의 식물 중 하나인 마샬을 사용하고 있다. (* 수많은 실험은 이 마샬이 완전한 동기화율을 보여 줌을 증명한 바 있다. 샤이런을 지니지 않은 무생물도 동기화가 가능하긴 하지만 일반적으로 동기화율이 현저히 떨어지고, 무엇보다도 정보 값을 추출하는 것이 매우 어려운 것으로 알려져 있다. 돌하고 이야기를 나누어 본 사람이라면 이것을 좀 더 잘 이해할 수 있을 것이다) 일부 몰지각한 사용자들이 지브로 내비게이션을 다른 장비들처럼 함부로 다루는 경우가 있는데, 이는 정말 잘못된 행동이다. 이 장치들은 살아 있는 것들이며 그렇게 대우받아서는 안 될 존재들이다.

이와 같은 샤이런 기반 장치의 개념에 대해 다른 직원들 앞에서 프리젠테이션 하는 것은 쉽지 않았다. 그들은 샤이런에 대해 문외한이었고, 그의 프리젠테이션에 관심을 갖지도 않을 것이다. 하지만 의외로 파트 원 직원들은 키맨의 프리젠테이션에 기대 이상의 관심을 보였고, 프리젠테이션을 들은 후 꽤 만족해하는 눈치였다. 그동안 잘 모르고 사용했던, 지브로 장치의 원리에 대해 알게 되었다는 것에 대해 뿌듯하게 생각하는 듯했다. 특히 파트 원의 팀장인 지프는 키맨의 프리젠테이션에 아주 만족해하며, 다음 주에 있을 정보 및 역사 부서의 그랜드 라운드 회의에서 다시 한번 더 프리젠테이션을 해 달라고 요청하기도 하였다.

프리젠테이션을 마친 키맨은 휴게 공간에 앉아, 지나가는 직원들을 멍하니 바라보고 있었다.

샤이런 스타와의 마지막은 그리 매끄럽지 못했다.
키맨이 말했다.

"아뇨. 전 그렇게 할 수 없습니다."

"자네 뭐가 그리 심각해. 어차피 지난 4테라 동안 문제가 된 적은 단 두 번이었다고. 게다가 이것하고는 아무런 관련도 없었어."

과장은 입가에 손을 올린 채로 말을 이었다.

"그냥 이렇게 진행하자고. 괜한 일에 힘쓰고 그러는 거 아닐세."

키맨이 말했다.

"무슨 말씀하시는지 알고 있습니다. 하지만 이 주체-객체 간 오류 가능성에 대한 내용은 그냥 덮을 수 없는 문제입니다. 자칫 아주 심각한 시스템 오류를 발생시킬 수 있단 말입니다."

과장이 말했다.

"이 친구 참 말 안 듣는구먼. 상황 파악이 안 돼? 지금 이 내용을 위에 보고했다가는 우리 과 직원들 모두 정보 접속 및 관할 권한을 잃고 한직으로 쫓겨난다고. 곰팡이 핀 사무실에서 다른 직원들 업무 보조나 하고 싶어? 자, 이쯤하고 그만 덮자고."

키맨은 말을 하려는 듯 주저하다가, 조용히 방을 나왔다.

그리고 책상의 짐을 정리해서, 지난 6년간 일했던 샤이런 스타의 사무실을 빠져나왔다. 그는 공리주의라고는 눈꼽만큼도 찾아볼 수 없는 완벽한 칸트주의자였다.

샤이런 스타에서 보내 준 합격 통지서를 보고, 자랑스러워하던 아버지가 생각났다. 카펜트 행성의 작은 도시 세도나에서 목수 일을 하며 생계를 꾸려가던 아버지는 아들이 천재들만 입학할 수 있다는 디바인 행성의 샤이런 정보 스쿨에 입학한 것에 대하여, 그리고 초일류 기업인 샤이런 스타에 취직한 것에 대하여, 온 동네를 돌아다니며 아들 얘기를 자랑하고 다녔다.

키맨 아버지의 이야기 주제는 전혀 다른 것에서 시작하곤 했다. 그러다가 개연성을 끈으로 하여 이어진 여러 이야기의 결말은 언제나 키맨에 대한 자랑이었다. "저기에 보이는 다리 있지 않나? 예전에 내가 저 다리를 만들 때 일을 했었는데 말이야. 어느 날은 일을 마치고 집에 갔는데, 아들 놈의 방에 불이 켜져 있지 않지 뭔가? 그래서 방문을 열었는데 이놈이 이불을 뒤집어쓰고 혼자 책상에서 공부를 하고 있더라고. 그렇다고 해도 난 그놈이 샤이런 정보 스쿨에 들어갈 줄은 꿈에도 생각 못 했지.", "여기 음식 정말 맛있지. 아주 맛있고말고. 예전에 내가 아들 놈을 데리고 여기에 왔었는데 말이야. 여기 음식점 주인이 아들 놈에게 샤베르(*

요쿠르트와 비슷한 발효유의 일종)를 주었지. 고놈 참 맛나게 먹었는데 말이야. 내가 그놈이 샤이런 스타에 들어갈 줄 꿈이나 꾸었겠나?" 이런 식이었다.

키맨은 단순했다. 진실을 숨기는 곳에서 일을 할 수는 없었다. 그래서 샤이런 스타를 떠난 것이다.

"어이, 신입. 오늘 발표 너무 좋았어. 제법인데."
선배 마지가 등을 치면서 말했다.
"그랬다면 다행입니다. 준비를 열심히 하긴 했어요."
키맨이 대답했다.
마지가 말했다.
"역시, 달라. 음, 달랐어."
키맨이 말했다.
"그래 봤자 맨날 실수투성이인데요."
마지가 말했다.
"아냐, 신입. 처음엔 다 그렇지 뭐."
그러고는 키맨의 발을 바라보며 물었다.
"그런데 신입. 자네 세 번째 발, 그거 원래 그렇게 파란색이야?"

마지의 말에 키맨도 세 번째 발을 쳐다보았다.

"아, 이거요? 피부가 감염된 것 같아요."

그러면서 키맨은 머리를 긁적거렸다.

디바인 행성 유지위원회의 정보 및 역사 부서에 들어오고 나서 지난 세 달은 정말이지 너무 바빴다. 쏟아지는 업무에 여러 가지 잡일에, 종일 뛰어다녀도 시간이 부족했다. 계속해서 페이저가 울려댔다. 하도 페이저가 울려대는 통에 페이저의 건전지는 이틀을 가지 못하고 바꿔줘야 했다.

한 보름 전에 무생물 보관실에 들렀다가 모서리에 걸리는 바람에 발등에 생채기가 났는데, 이후 생채기 주위가 파랗게 변하더니 발을 타고 점점 올라와 지금은 세 번째 발 모두가 파랗게 변해 버렸다. 생채기를 통해 세균이 들어 온 모양이었다. 요 며칠 전부터는 발을 절면서 일을 하고 있는 중이었다. '병원에 한 번 들러야겠다'는 생각을 했지만, 생각만 할 뿐 병원에 갈 시간이 나지 않았다.

이때 마지의 페이저가 울렸다.

"나 먼저 가봐야겠는걸. 쉬다 오라고."

페이저를 확인한 마지는 짧은 인사를 남기고, 회사 건물로 급히 뛰어갔다.

키맨은 회사를 그만뒀다는 말에 아무 말이 없었던 아버

지의 모습이 떠오르자, 다시 일어나서 사무실로 돌아가기로 했다. 돌아오는 중에 그동안 잠시 조용했던 페이저가 다시 울려대기 시작했다.

감찰 및 중재 부서와 무생물 보관실에 들른 후에야 사무실에 돌아와 앉았을 때였다.

"툭."

키맨의 책상으로 동전만한 크기의 금속 캡슐이 떨어졌다.

"세파캡슐(* 범용성 항생제의 일종)이야. 아프면 안 돼. 내가 할 일이 늘어나니까."

마지는 그렇게 약을 던져 놓고는 자리로 돌아갔다. 기대하지 못했던 마지의 모습에 키맨은 다소 놀랐다. 세파캡슐은 잘 들었고, 그날 저녁 키맨의 다리는 원래의 색깔을 되찾았다.

일주일 후 파트 내 회식이 있었다. 파트 원 부서 직원들은 간만의 모임에 즐거워했고, 소르메(* 소라라는 고농축 알코올음료에 메크에일이라는 저농축 알코올음료를 섞어 만든 술의 일종)도 엄청 많이 마셨다. 노르선은 이날 마치 주인공 같았는데, 소르메가 좀 들어가자 이전 회사에서의 자신의 인기에 대하여 회식이 끝날 때까지 쉬지 않고 말하였다. 그래도 노르선만의 독특한 익살 때문이었는지는 몰라도 이야기는 아주 재

밌었고 모임의 흥을 돋웠다. 다른 누군가가 그 이야기를 했다면 아주 거만한 잘난 체에 듣는 이들이 짜증을 냈을지도 모른다.

부서 직원들이 모두 라이시(* 운송장치의 일종)를 타고 돌아가고, 키맨과 마지는 함께 걸어가고 있었다. 키맨은 마지가 자기집 근처에 살고 있음을 이날 처음 알았다.

마지가 입을 열었다.

"우이 저어기 쉬어다 가자."

마지는 많이 취한 상태였다.

"네. 그래요."

둘은 길가의 돌에 잠시 앉았다.

마지는 돌에 앉자마자 잠이 들었고, 몸을 겨누기가 힘들었는지 키맨의 어깨에 머리를 기댔다.

마지는 깊게 잠이 들었는지 간혹 잠꼬대를 했다.

"빌어먹을 타란 놈들."

그러고는 꽤 시간이 흘렀다.

"어? 신입, 여기가 어디야?"

눈을 뜬 마지가 물었다.

"잠이 드셨어요. 소르메를 많이 드셨나 봐요."

키맨이 대답했다. 마지가 눈을 비볐다.

키맨이 이어서 말했다.

"그런데 타란이 뭐에요?"

마지의 눈이 다시 빛을 찾았다.

"아. 타란."

마지는 잠시 말이 없다가 이야기를 하였다. 타란은 마지의 고향 행성에서 자라는 식물이었다. 이 타란이라는 식물은 어릴 적에는 아주 귀엽고 심지어는 아름답다고 한다. 하지만 일 년 정도 지나면, 이 타란이라는 식물은 크기가 급속도로 거대하게 자라고, 행성인을 비롯하여 행성의 다른 생명체를 잡아먹는 습성이 생긴다고 하였다.

그러고는 마지는 디바인의 밤하늘을 바라보며 말했다.

"우리 부모님도 타란한테 당했어. 나 때문이야. 난 내가 그렇게 예뻐했던 타란이 나를 물 거라고는 생각도 못했거든. 그리고 그 타란은 다른 어떤 타란보다도 예뻤거든. 입을 벌린 타란을 본 엄마와 아빠가 달려와서는 나를 멀리 던지셨지. 그리고 내가 그렇게 예뻐했던 그 타란이 엄마와 아빠를 집어삼켰어. 모든 게 다 나 때문이야."

키맨이 작은 목소리로 말했다.

"아, 네. 죄송해요."

그 후로 마지와 키맨은 한동안 말없이 하늘을 바라보았

다. 참 많은 별들이 있었다.

마지는 그래서 강해졌는지 모르겠다. 이곳 디바인 행성 유지위원회의 정보 및 역사 부서 파트 원의 직원이 된 후, 그동안 키맨이 바라본 마지는 강함 그 자체였다. 항상 강한 눈빛을 간직하고 있었고, 말투 또한 유쾌하고 힘이 넘쳤다.

"시간이 늦은 것 같은데, 자 그럼 이제."

키맨은 두 팔을 뒤로 뻗쳐 일어나려 했다. 그때, 키맨의 왼손에 마지의 꼬리가 만져졌다. 꼬리가 움찔하더니, 파르르 떨렸다.

"죄송해요."

키맨이 말했다.

마지는 눈을 감고 숨을 깊게 들어 마셨다가 다시 내쉰 후, 다시 키맨을 바라보며 미소 지었다. 마지의 미소에는 슬픔과 기쁨이 섞여 있는 것만 같았다.

"괜찮아, 키맨."

이후, 키맨과 마지는 일이 비슷한 시간에 끝날 때면 함께 집에 돌아갔고, 그러다가 연인이 되었다. 그리고 비슷한 시간에 일이 끝나는 경우가 점점 더 많아졌다.

12

디바인 행성의 밤하늘은 참으로 뭐 같은 색이었다. 하지만 진하고 흐려지는 그레이딩의 조화였을까? 아님 기하학적으로 오묘한 그 무늬들 때문이었을까? 참으로 아름다운 그 뭐 같은 색깔이었다. 하늘에 떠 있는 푸른색의 크고 작은 달들이 약간 조화롭지 못하다는 인상을 풍겼다. 가까이에 보이는 네가나 언덕은 여기저기서 반사되는 빛들로 마치 어둠 속에 숨어있는 다이아몬드의 숲인 양 그 장관을 뽐냈다. 그리고 그 사이로 바삐 오르고 내리는 우주선들이 보였고, 저 멀리 행성 유지위원회 건물 꼭대기에서는 마치 폭죽놀이를 하듯이 여러 작은 빛 덩어리들이 하늘로 쏘아지고 있었다. 그것들은 "퓨웅~" 하는 소리를 내며 솟아오르다가,

"풋!" 하는 소리를 내며 터졌고, 주위로 빛의 가루들이 날렸다. 마블들이 발사되는 모습이었다.

마블은 많은 정보를 담을 수 있는 아주 효과적인 물질이다. 샤를 행성에서는 아주 오래전부터 이 물질을 '지식의 샘물'이라고 불러왔다. 샘물이라고 불리는 것은 이 물질이 샤를 행성의 어느 동굴 안의 샘에서 발견되었기 때문이다. 샤를인들은 미개발 행성 시기부터 이 샘물에서 우주에 대한 지식을 얻고 진화를 해왔고 비교적 짧은 시간 만에 현재의 선진 행성에 이르렀다. (* 아마도 샘에 있던 액체들에 담겨 있던 것들은 고대 샤를인들의 지식이었을 것이다. 지금의 샤를인들은 날룬 5테라에 처음 나타난 초기 생명체의 후손들이다. 지금의 샤를인 이전에 이 행성에는 고대 샤를인에 의한 선진 문명이 있었다. 프라이란 3테라에 시작하여 상당히 앞서가던 선진 문명이었던 이 고대 샤를인들은 날룬 3테라의 어느 날 아침 '가만 있어 보자.'라는 메시지를 행성 초입의 간판에 남긴 채[** 일반적으로 여기에는 "XX 행성에 오신 것을 환영합니다."라든지, "리바이탈 넥타르의 원조 OO행성" 등의 말이 적혀 있다] 사라졌다. 갑작스러운 샤를 행성인의 사라짐을 알게 된[** 이는 샤를인이었던 감찰 및 중재 부서장 나안가와 감찰 및 중재 부서의 직원이었던 야나두의 무단결근에 의해 처음 발견되었다] 당시 행성 유지위원회에서 정보 부서를[** 당시에는 정보 부서와 역사 부서가 나누어져 있었다. 이 두 부서가 정보 및 역사 부서로 통합된 것은 오르세 1테라였다. 정보와 역사라는 것이 거의 일치하는 의미를 지닌다는 당시 연구 결과를 반영한 것이었다) 통해 얻은 자료에 따르면, '샤를인들은 선진 문명의 최고 정점에 이르렀고, 선(禪) 문화에 기반을 두었던 샤를인들이 극단적인 선택을 한 것 같다.'는 것이었다. 행성 유지위원회는 샤를 행성에 현지 답사팀을 급파했는데, 그들은 샤를 행성에서 수백억의 고대 샤를인의 형상을 한 나무들을 발견했다고 한다. 이들은 유리처럼 투명한 형태들이었는데, 아주 적은 양의 양분과 빛으로 살아가고 있었다. 이들은 현지 답사팀의 어떠한 자극에도 반응을 보이지 않았고, 심지어는 답사팀 중 한 직원의 실수로 잘려 두 동강이 났을 때도 아무런 반응이 없었다)

이 마블을 꽤 먼 우주로 보낼 때에는 소형 라이젠(* 핑크 잼 스페이스 사의 공간 이동 장치로 금속으로 이루어진 구체의 모양을 하고 있다)에 담아 유노미 스탬프(* 샤이린 스타 사의 제품으로 샤이런의 특징을 이용하여, 메일 수신 객체를 찾아가게 만들어주는 지브로 스탬프의 일종이다. 이 스탬프는 누구보다도 연인들에게 사랑을 받았는데, 이 유노미 스탬프를 붙이면 자신의 연인에게 메일이 알아서 찾아가기 때문이었다. 편리함도 편리함이었지만, 마블이 연인들에게 사랑받는 또 다른 이유는 유노미 스탬프를 이용해 마블을 보낸다는 것은 상대방이 자신을 진정으로 사랑하고 있다는 것을 의미했기 때문이었다. 유노미 스탬프가 아닌 다른 스탬프를 쓰거나, 연인의 주소와 이름을 스탬프에 적는 것은 헤어지자는 말과 같았다. 초기 버전에는 '내 운명의 짝 찾기' 기능이 있었는데, 수취인 불명으로 돌아온 메일을 받은 우주인들의 많은 수가 삶을 포기하는 바람에, 현재 이 기능은 서비스되지 않고 있다. 얼마 전 알카사 행성의 공주인 화이트에게[** 알카사 행성은 얼마 안 되는 군주 행성 중의 하나이다] '내 마음속의 이쁘니'라는 수신처를 가진 대량의 마블들이 배달된 이후, 스팸 차단 기능이 추가되었다)를 붙여 보내게 된다. 메일이 전달되면, 유노미 스탬프가 붙여진 라이젠은 송신한 곳으로 돌아오고, 마블은 수신자에게 흡수되어 정보를 전달한다.

얼마 전 나에게 나타난 것도 이 마블이었다.

'왜 나에게 온 것일까?'

"그 마지막 이야기는 안 하는 게 낫지 않았을까요?"

누군가 말을 걸었다. 그제야 나는 주위에 퍼져 있는 푸른 빛의 기운을 알아차렸다.

어느새 키렌이 옆에 와서 나란히 전망대 밖을 바라보고 있었다.

"어, 키렌. 온지도 몰랐네요."

내가 키렌을 바라보며 말했다.

"네. 영 잠이 오지 않아서요. 라이넨(* 핑크잼 스페이스 사에서 운행하는 공간이동 방식의 일종)도 제트렉(* jet lag, 시차증. 비행기를 통한 장거리 여행 시 시차로 인해 느껴지는 피로감)이 있다는 게 신기하죠?"

키렌의 말에 순간 '그러게.'라는 생각이 들었지만, 곧 고쳐 말했다.

"제트렉은 시차 때문인 것 아닌가요? 빠르기가 아니라요. 라이넨도 별수 없겠죠."

키렌이 말했다.

"맞아요. 생각해 보니 그렇네요."

내가 말했다.

"사실 저도 잠이 오지 않아서 이곳에 나온 참이었어요."

키렌이 말했다.

"그랬군요."

잠시 서로 말 없는 시간이 흘렀다.

내가 입을 열었다.

"진의 이야기 말인가요?"

키렌이 말했다.

"아, 그 친구 이름이 진이었나 보죠?"

내가 말했다.

"네. 맞아요. 진."

키렌이 말했다.

"그 이야기는 두서도 없고, 너무 정신이 없었어요."

내가 말했다.

"그랬나요?"

키렌이 말했다.

"그리고 행성 유지위원회 위원들을 설득하기에는 뭐랄까, '인상적인' 그런 것들이 없는 것 같았어요. 마지막에는 이해할 수 없는 '광기?' 그런 것이 느껴지기도 하고 말이죠."

내가 말했다.

"그랬군요."

"심사위원들 표정이 점점 어두워지는 것 같았어요. 가끔 코웃음 소리도 나고 말이죠."

키렌이 덧붙였다.

"뭐. 제가 보기에는 좀 그런 느낌이었다는 거에요."

내가 말했다.

"그래도 진은 나에게 이름을 지어 준 친구라서요."

키렌이 다소 놀란 듯한 얼굴을 하며 물었다.

"그래요?

내가 대답했다.

"네. 그 전에는 이름이 없었죠."

키렌이 말했다.

"아~ 그랬군요. 몰랐네요. 미안해요."

내가 말했다.

"아니에요. 저도 '괜한 얘기를 했나?'하고 생각 중이었어요."

키렌이 말했다.

"정말 미안해요. 그래도 앞에 한 다른 이야기는 아주 좋았어요. 인간다움이 느껴지는 그런 얘기였던 것 같아요. 위원들도 그 이야기를 들으면서 많은 생각을 했을 거예요."

내가 말했다.

"고마워요. 하지만 결과는 이미 정해진 거잖아요. 축하해요, 키렌."

키렌이 말했다.

"미안해요. 왜 키레네와 지구가 이런 운명에 놓인 건지 이해가 가지 않아요."

내가 말했다.

"실습 시간에 만들어봤자 얼마나 잘 만들었겠어요? '빨리 만들고 놀아야지.' 뭐 그런 생각이었겠죠."

키렌이 말했다.

"너무 상심하지 마요."

그리고 나에게 물었다.

"이렇게 만나지 않았다면 우린 좋은 친구가 되었을 거예요, 그렇죠?"

나는 키렌을 돌아보며 말했다.

"키렌, 저는 당신과 당신 행성을 원망하지 않아요. 그리고 지금도 우린 좋은 친구라 생각해요."

키렌이 말했다.

"고마워요. 그럼 내일 봐요."

나는 중얼거리듯 작은 목소리로 말했다.

"결국 운명의 날이군요. 이미 정해진 운명의."

그리고 키렌에게 인사를 전했다.

"안녕."

키렌도 인사했다

"안녕."

그러고는, 돌아서더니 여전히 그 온화한 푸른빛을 주위에 뿌리며 사라져 갔다.

13

진.

소년이었던 진은 그날도 풀밭에서 풀을 뜯다가 나에게로 올라와 누웠다.

진은 웃으면서 말했다.

"너 말이야. 햄버거 빵을 닮았어. 둥글납작한 것이 꼭 닮았다고. 그거 TV에서 보니까 정말 맛나 보이던데 말이야."

진은 오늘도 하늘을 바라보고 있었다.

"나도 그거 먹어 보고 싶은데. 엄청 맛있겠지?"

한동안 소년은 하늘만 바라보았다.

갑자기 진이 입을 열었다.

"번즈(buns) 어때? 네 이름으로 말이야." (* 번[** bun]은 주로 손바닥 크기의 납작한 그리고 달콤한 빵을 뜻한다. 진은 햄버거 위아래의 두 개의 빵을 생각하고, buns라는 복수형을 쓴 것이다)

"하하. 번즈. 좋아. 너랑 정말 잘 어울려. 너 이제 번즈다."

나도 번즈라는 이름이 꽤 마음에 들었다. 여성의 거기를 닮았다느니, 요요를 닮았다느니 하는 것보다야 번즈가 나았다. 그리고 나의 모습은 정말이지 햄버거 번즈와 닮았다.

그리고 무엇보다도 이름이 생겨 좋았다. 그 오랜 시간 동안 아무도 나에게 이름을 지어 주거나, 이름을 불러 주거나 한 적은 없었다. 하지만 진은 나에게 이름을 지어 주었고, 이후로도 계속해서 나를 '번즈'라고 불렀다.

진은 풀을 뜯다가(* 진은 집에 풀을 먹는 토끼 같은 동물을 키우는 것 같았다. 그것도 아주 많이. 진은 하루에 두 자루씩 풀을 뜯고는 했다) 지치거나 지루해지면, 내 위로 올라와서는 하늘을 바라보면 한참 동안 누워 있곤 했다.

진은 주로 누워서 하늘을 쳐다보긴 했지만, 가끔은 노래를 흥얼거리기도 하고 가끔은 소리 내어 책을 읽기도 했다. 진은 특히 과학책이나 과학잡지 읽는 것을 좋아하였다. 집에 책이 없던 소년은 학교 도서관에서 책을 빌려 읽는 것 같았다.

"번즈. 지구가 45억 년 전에 생겼대. 너도 이때 태어난 거야?"

"아니. 난 좀 뒤에 태어났어. 할아버지 말로는 그때는 정말 뜨거웠대. 온 세상이 불덩어리였다고 하셨어."

"우와. 이 우주인 얼굴 좀 봐. 로즈웰에 비밀 기지가 있는데, 거기에 이 우주인이 잡혀 있대."

"그 친구 참 신기하게 생겼는데? 그런데 별로 안 크잖아. 외계인들은 다 이렇게 작은 거야?"

"타키온이라는 게 있는데, 빛보다 빠르대. 와. 이거면 타임머신이 가능하겠는걸?"

"정말? 대단한데. 그럼 과거로도 갈 수 있는 거 아냐?"

진은 가끔 자신이 직접 공상과학 소설을 쓰기도 했다. 글이 다 써지면 언제나 신이 나서 팔짝팔짝 뛰면서 좋아했다. 그러고는

"번즈. 내가 쓴 글이야. 한번 들어볼래. 엄청 재미있을걸~. 궁금하지?"

라고 말하고는 좋아하면서 글을 읽어 주었다.

"우주력 329824년. 저 멀고먼 은하계에는 '사라쿤' 악당 행성들의 연합이 있었다. 이 연합의 두목은 '사타안'이라는 외계인이었는데, 그는 항상 지구를 '수퍼썬더'라는 초강력 레

이저로 파괴할 생각만 하고 있었다. …악당의 편이 되어 버린 지구 행성의 친구인 카이론 행성의 대통령이었던 카이렌은…."

딱 소년의 글이었다.

"어때, 재미있지?"

"응."

그러고는

"허리(* 진은 나의 가운데를 둘러싼 둥그런 패인 곳을 허리라고 불렀다)에 꽂아 놓을 테니 나중에 심심하면 읽어 봐."

하고 말하고는 종이들을 내 패인 곳 깊이 꽂아 놓고, 뿌듯해하며 집에 가곤 했다.

어느 날 진은 힘이 없어 보였다.

"왜 그래?"

"나 과학상자 학교에 돌려줬어."

진은 울먹이며 말했다.

요 몇 주 전에 각종 천연색의 조그만 철판, 철심, 나사, 너트 같은 것들이 들어 있는 상자를 하나 들고 와서는 비행기도 만들고, 풍차도 만들고 그러더니. 아마도 그게 '과학상자'라는 거였나 보다. 그 부품들을 가지고, 풍차나 비행기 등이런저런 것들을 만들 때면 진은 입을 오물오물하면서 매우 집중하였다.

"학교에서 이제 갖고 오래서 갖다 줬어."

진은 그러더니, 하늘을 바라보며 울다가 잠이 들었다.

진이 잠이 들 때면 나는 진이 혹시나 내 위에서 떨어지지나 않을까 많이 걱정되었다. 그래서 나의 패인 홈에 있던 물을 짜내어 주변 흙을 덜 딱딱하게 만들고, 주변 풀들과 꽃들을 내 쪽으로 모이라고 해서 주변 바닥을 좀 더 푹신푹신하게 만들어 주었다.

"정말로요? 과학상자보다도 좋은 거요? 별나라 가보는 것보다 좋은 거요?", "정말 감사해요."

그날따라 진은 뜻도 모를 잠꼬대를 많이 했다. 잔망스러운 녀석이었다. 잠을 잔 후 진은 기분이 한결 나아진 것처럼 보였고, 미소를 지으며 나를 뛰어내려서는 집으로 달려갔다.

진은 머리가 아주 좋아 보였고, 공부도 잘하는 듯했다.

진은 특히 수학을 잘했다. 진은 수학은 정답이 하나밖에 없어서 좋다고 했다

"번즈. 나 이번에도 수학경시대회 일등 했다."

진이 의기양양하게 말할 때면, 나도 힘이 났고 그를 북돋아 주었다.

"또 일등 했어? 대단한데. 축하해."

가끔은 내 위에 누워서, 그날 학교에서 배운 내용을 다 외우기도 했다. 마치 책을 스캔이라도 한 것처럼 진은 내용을 줄줄 외웠다.

또 가끔은 이해할 수 없는 숫자들을 혼자 중얼거렸다.

"9889, 3547, 2195, 8453, 7729, 6210, 2943, …."

"진, 그게 뭐야?"

진이 말했다.

"아 이거? 이번 주에 본 자동차 번호들이야. 자동차에는 번호가 있더라고."

진은 덧붙였다.

"이 중 3547은 소수(* prime number, 1과 자기 자신만으로 나누어 떨어지는 1보다 큰 양의 정수)야."

그런 것들을 왜 외우고 있는지, 그리고 그런 것들을 왜 알고 있는지는 모르겠지만, 진은 혼자서 자동차 번호를 되뇌고 그중에 소수 찾아내는 것을 좋아했다.

진은 점점 자랐다. 그리고 읍내에 있는 중학교, 먼 도시에 있는 고등학교와 대학교에 가면서, 나를 찾아오는 것이 점점 뜸해졌다. 그래도 진은 항상 웃는 얼굴로 나를 마주하곤 했다.

　"안녕, 번즈. 오랜만이야."

　"안녕, 진. 보고 싶었어."

　"미안해. 점점 오기가 힘들어지네."

　"많이 바쁜가 보구나. 바쁜 게 좋은 거지. 무소식이 희소식이라잖아."

　시간이 지날수록 진의 방문은 더욱 뜸해졌다.

　한동안 찾아오지 않던 진이 나를 다시 찾아왔을 때, 진의 얼굴은 어두워 보였다.

　그는 내 위에 누워 힘없이 말했다.

　"번즈, 아버지께서 돌아가셨어."

　"…"

　진은 하늘을 바라보며, 한참을 눈물을 흘렸다. 지금으로부터 9년 전의 일이었다.

　그 후로 오랫동안 진은 나를 찾아오지 않았다.

마지막으로 진이 나를 찾아온 것은 2년 전이었다.

여느 때와 같이 풀밭에는 풀들이 무성했고, 여기저기 꽃들이 흐드러지게 피어 있을 때였다.

진의 모습은 지난 마지막 모습과 달리 많이 밝아져 있었다. 마치 소년이었을 적에 나를 찾아왔을 때처럼 말이다.

"번즈, 잘 지냈어?"

"진, 정말 오랜만이네."

"미안해. 나 정말 바빴어. 그리고 힘들었어. 많이."

"그래? 무슨 일이야?"

"아니야. 이젠 괜찮아."

진은 그날따라 내 위에서 아주 오래 잠이 들었고, 예전처럼 뜻도 모를 잠꼬대를 했다.

"네. 너무 좋아요. 제가 원했던 선물이에요."

그러더니, 진은 입꼬리가 귀에 걸릴 만큼 미소를 지었다.

그날 진은 별이 뜬 다음에야 깨어났다.

잠에서 깬 진은 밤하늘에 뜬 은하수를 한동안 바라본 후 일어나 앉았다.

그러더니, 품에 품고 있던 종이 두루마리를 빼내어 펴더니 글을 쓰기 시작했다.

잠시 후 진은 다 되었다는 듯 고개를 끄덕이고는 일어
섰다.

그러고는 한 손으로 종이 한 두루마리를 흔들면서 나에
게 말했다.

"번즈, 내가 쓴 글이야. 엄청 재미있을걸. 궁금하지?"

"오. 정말. 대단한데. 빨리 보고 싶어."

"그럼 여기 허리에 꽂아 놓을 테니까, 시간 날 때 한 번 읽
어 봐."

그러고는 진은 예전처럼 한 뭉치의 종이 두루마리를 내
패인 홈 깊이 꽂아 넣었다.

"나야 남는 게 시간인데 뭐."

진은 풀밭으로 힘차게 뛰어내린 후,

"번즈, 또 봐."

라는 인사를 남기고, 집으로 뛰어갔다.

하지만 나는 한참 동안 그 글을 잊고 있었는데, 그것은
진을 다시 만난 기쁨이 오랫동안 가시지 않았기 때문이었
고, 진의 글에 그리 흥미를 느끼지 못했기 때문이기도 했다.
솔직히 말하자면 기억 속에 남아 있는 진의 글은 그다지 재
미있지 않았다.

들판에 풀들이 솟아나고 꽃들이 피어나던 어느 화창한 봄날에, 나는 문득 진의 글이 떠올랐다.

진의 이야기는 나는 잘 알지 못하는 어느 노래 가사의 일부로 시작되었다.

When you're alone, silence is all you'll be.

- *Katherine Jenkins <Abigail's Song> 중에서.*

14

내가 이곳에 도착한 이튿날 행성 유지위원회가 시작되었다.

위원장 사트안의 개회로 위원회는 시작되었다.

하지만 시작만 있었을 뿐 그 이후로 5일간은 아무런 회의
도 없었다.

"지금 오르세 5테라 876피나 53쿠인 353700바인, 키레네
행성 대표인 키렌에 의해 회부된 '지구 vs. 키레네. 당신의
선택은?' 안건에 대한 위원회를 시작합니다. 앞으로 49바인
(* 쿠인의 하부 시간 단위, 7바인이 대략 하루 정도의 길이에 해당
한다) 후에 평결이 내려질 것이고, 앞으로 42바인 후, 평결을
위한 지구 행성과 키레네 행성의 변론을 시작하겠습니다. 생

명체가 살고 있는 두 행성의 운명을 결정하는 사안인 만큼, 심사위원들은 자료 분석에 절대 최선을 다해 주시고, 두 행성의 대표들은 변론 준비에 절대 최선을 다해 주시기 바랍니다. 평결을 통해 '키레네 행성'과 '지구 행성' 중 하나의 행성이 유지 행성으로 선택될 것이며, 다른 행성은 차임 방식(* 행성 파괴 방식 중 하나로 렌즈안[** 프라이란 5테라에 샤논 행성에서 발명된 강한 에너지의 한 종류로 멤브란 분열 시 발생하는 에너지를 이용한다]이라는 강력한 에너지를 이용해 행성을 순식간에 사라지게 하는 방식이다. 워낙 순식간에 파괴하기 때문에 행성 내의 생명체가 고통을 느낄 수 없다고 알려져 있으나, 워낙 순식간에 파괴가 일어나고 파괴 후 아무런 흔적을 남기지 않기 때문에 파괴 당시 생명체가 느끼는 고통에 대한 기록 자료가 없어 아마도 그럴 거라 추정할 뿐이다. 이번의 경우 키레네 행성이나 지구 행성이나 크게 잘못한 것은 없기 때문에 차임 방식으로 한 행성을 궤도에서 사라지게 한 것이다. 이 외에 다른 행성 파괴 방식으로 카임 방식이 있는데, 이 방식은 꽤 오랜 시간에 걸쳐 행성을 파괴하며, 파괴되는 동안 행성인들은 극심한 고통을 느끼는 것으로 알려져 있다. 주로 죄를 지은 행성을 처형할 때 사용되며, 헤른 행성이 이런 식으로 파괴되었다)에 의해 사라질 것입니다.

　감사합니다.

당신과 당신 행성에 대한 가능한 모든 존경을 담아."

그리고 이것으로 첫 위원회는 끝났다.

위원회의 빠른 진행에 나는 당혹스러웠지만, 7명의 심사위원들, 그리고 키렌은 익숙한 듯 서류를 챙겨 회의장을 빠져나갔다.

예정대로 42바인 후 변론을 위한 위원회가 열렸다. 그리고, 변론 역시 위원장 사트안의 변론 시작을 알리는 간단한 멘트로 시작되었다.

본격적인 변론에 들어가기에 앞서 변론 순서를 정하는 과정이 있었다. 그런데 행성 유지위원회의 변론 순서를 정하는 방식은 매우 독특했다. 이 방식은 처음 행성 유지위원회가 만들어지고 나서 얼마 지나지 않았던 시기에, 위원회가 열리는 회의실에서 회의 내용을 기록하는 서기 업무를 담당하는 직원에 의해 제안되었다. 이 제안은 심사위원 이사회와 위원장에 의해 검토된 후 곧바로 채택되어 적용되었고, 오늘날까지도 변함없이 그대로 적용되고 있다. 그리고, 당시에 서기 직원에 의한 이 제안은 '이번 테라 최고 행정 혁신 아이디어 상'을 받았다고 한다. 상을 받은 후 서기 직원은 위원회의 서기 업무를 그만두고, 스쿨과 회사들을 돌면서 강연을 하며 여생을 보냈다고 전해진다. 한 행성인의 기록에 의하면, 그는 강연에서 다음과 같이 말했다고 한다. "저는 그저 업무 시간을 줄이고 싶어서 아이디어를 제안했거든요. 실제로 그 아이디어는 제 업무를 거의 절반으로 줄일 수 있었어요. 그런데 그 아이디어가 위원회에서 채택되고, '최고의 형평성과 상대방에 대한 존경을 담은 아이디어'라는 심사평과 함께 '이번 테라 최고 행정 혁신 아이디어 상'을 받게 된 거에요. 처음에는 어안이 벙벙했지만, 그때 저는 아주 큰 깨달음을 얻었지요. '나를 위하는 것이 곧 우주를 위한 것이다.'라는 깨달음 말이에요."

  방식은 이랬다. 먼저 변론을 맡은 두 행성의 대표가 각각 변론의 순서를 써낸다. (단, 변론의 순서에 대해 두 행성 대표는 사전에 모의하는 것을 금한다) 그리고 변론의 순서를 확인하여, 두 행성에서 제출한 순서가 서로 다를 경우, 그 순서를 거꾸로 해서 변론을 진행한다. '당신과 당신 행성의 가능한 모든 행복을 존중합니다.'라는 행성 유지법 제1조에 따라, 상대를 먼저 배려한다는 의미에서 여기에 원래 제출한 순서를 거꾸로 뒤집는 것이다. 예를 들어, 내가 지구 행성의 변론을 '먼저' 하겠다고 제출하고, 키렌이 키레네 행성의 변론을 '나중에' 하겠다고 제출한다면, 순서를 뒤바꿔서 키렌이 먼저 변론을 하고, 내가 나중에 변론을 하게 된다. 일반적으로 변론을 나중에 하는 것이 먼저 진행된 다른 행성의 변론을 들은 후 이에 대한 방어를 하면서 변론을 할 수 있기 때문에 훨씬 유리하다고 알려져 있고, 그렇기 때문에 거의 대부분의 변론인들은 나중에 변론을 하기를 원한다. 하지만 그 셈이 간단하지는 않다. 게다가 나머지 두 경우, 다시 말해 두 행성의 변론인들이 같은 순서를 제출했을 경우들을 생각하면 셈은 더 복잡해진다. 만약 두 행성이 모두 '먼저' 변론을 하겠다고 써서 제출할 경우, 이는 두 행성 모두 자신이 '나중에' 변론을 하겠다는 욕심을 드러낸 것으로 보아 두 행성 모두 변론의 기회를 박탈당하게 되고, 이럴 경우 변론 없이 심사위원들의 투표에 의해 평결이 내려지게 된다. 그리고 만약 두 행성이 모두 '나중에' 변론을 하겠다고 써서 제출할 경우에는 변론과 평결 없이 재판이 끝나게 된다. 하지만 이 경우에는 두 행성이 모두 다른 행성을 배려하여 자신의 행성이 '먼저' 변론을 하겠다는 마음을 보여

준 것이라 여기고 이에 대한 보상이 주어지는데, 이번 '지구 vs. 키레네. 당신의 선택은?' 안건의 경우, 그 보상으로 두 행성 모두에게 '3테라의 후킹'이 보상으로 책정되었다. 앞서 말했듯이 시간을 멈추는 후킹은 선진 행성의 기술이긴 해도 일반적으로 행해지지 않기는 하지만, 이번 안건의 경우 조만간 두 행성이 충돌하여 박살이 나기 일보직전이기 때문에 이 후킹 기술을 이용하여 두 행성에게 남은 생존 기간을 연장해주기로 한 것이다. 단세포 생물이 우주로 나가는데 걸리는 시간이 약 2테라 정도의 시간인 것을 생각하면, 3테라의 시간은 결코 짧지 않은 시간이었다. 그리고, 이는 지구 행성과 키레네 행성 모두에게 꽤 달콤한 선물이었다.

나는 '나중에'를 써서 제출하였다. 변론을 먼저 하든지 나중에 하든지 평결의 결과를 돌이킬 수 없다는 자포자기의 심정이었기에 변론의 순서는 나에게 별로 중요치 않았다. 하지만, 아주 작은 가능성이기는 하지만 혹시라도 키렌도 '나중에'를 써서 낼 경우 3테라 동안 지구의 생명을 연장시킬 수 있다는 실낱 같은 희망도 섞여 있었다.

하지만 키렌은 무슨 생각에서였는지 '먼저'를 써냈고, 결국 변론은 내가 먼저 하게 되었다.

16

"자 사아. 마."

"단바. 너느. 타라."

지구의 언어이긴 하지만, 오래전의 이야기이기 때문에 현재의 지구 언어로 바꿔서 이야기를 해야 할 것 같다. 당시의 언어가 꽤 직관적이고, 담백한 맛이 있긴 하지만 말이다.

"마. 잘 지내?"

"당연하지. 타라, 너도 잘 지내지?"

마와 타라는 오랜 친구였다. 그들은 어릴 적부터 함께 사냥을 하고, 물고기를 잡고, 풀밭에서 뛰어놀기도 했다. 둘은 성인이 되는 의식도 같이 치렀는데, 그들이 함께 잡은 늑대의 해골이 누산 마을 어귀에 걸려 있는 것을 그들은 아주 자랑스러워했다. 오늘은 며칠 후에 있을 온다르(* 일 년 중 가장 밝고 큰 달을 기념하여 마을에서 벌어지는 축제)에 쓸 타바(* 주로 산 어귀에서 자라는 넓은 잎사귀를 가진 식물로, 이 잎사귀를 태운 연기는 사람들에게 안도감과 기쁨을 주었다. 온다르에서는 마을의 광장 한가운데에 나무에 불을 피운 뒤, 사람들이 주위를 돌며 "간가스~ 간가스~." [** 크고 밝다는 의미]를 외치는데, 이때 이 타바 잎사귀를 불에 태워 흥을 돋우는 데 사용된다) 잎사귀를 얻기 위해 만난 것이다.

"찬은?"

타라는 엄지손가락을 추켜올리며 물었다.

"물론 잘 지내지."

찬은 마의 아들이었다. 마와 아라 사이에 태어난 아들.

찬은 다른 아이들보다 늦게 태어났다. 다른 아이들은 보통 달이 열 번 바뀌기 전에 태어났는데, 찬은 달이 열 번 바뀐 후에도 보름이나 더 지나서야 태어났다. 마와 아라는 많이 걱정하였다. 하지만 아이가 태어났을 때, 이들은 괜한 걱정을 했음을 알았다. 아기는 아주 멀쩡했다. 팔과 다리가 다 있었고, 눈, 코, 입과 귀가 다 있었다. 아니 아들은 다른 아이들보다 더 나았다. 머리가 아주 컸고, 눈도 커 보였다. 아기를 보러 온 모든 사람들은 아기를 보고는 '신이 보내 준 선물'이라며 좋아했다. 마을 원로 중의 하나인 타난 할아버지는 항상 아래를 바라보는 아기의 눈을 보고는 '아래로 인간을 내려다보던 신의 모습을 아직도 간직하고 있는 것'이라며 마와 아라에게 귀띔해 주었다. 그래서 마와 아라는 아들에게 '신의 아들'이라는 뜻을 지닌 '찬'이라는 이름을 지어 주었다.

찬은 잘 자랐다. 머리도 점점 커졌고, 눈도 점점 커졌다. 마을 사람들은 찬이 점점 신의 형상을 닮아간다며 좋아했다. 찬은 말이 거의 없었다. 아마도 신들은 말을 자주 하지 않는 듯했다. 찬은 가끔 몸을 부르르 떨면서, 눈을 왔다 갔다 했는데, 아마도 신과 대화를 나누고 있는 듯했다. 찬이 신과 대화를 나눴다는 소식이 마을 사람들에게 알려지면, 그날 저녁에 마을 사람 대부분이 마와 아라의 집에 모여들었다. 그리고 찬을 바라보면서, 신의 비밀을 하나라도 더 듣기 위해 찬과 가까이 앉으려고 자리싸움을 벌이고는 했다. 그럴 때면 찬은 세상에 둘도 없을 미소를 지으면서 "워우워우" 하며 이야기를 들려주고 했다. 마을 사람들은 찬의 이야기를 듣고 돌아가면서, "신이 우리를 보살피고 계신다."면서 좋아했다. 마을 원로 중의 하나인 누카스 할머니는 찬이 들려준 이야기를 모아서, '신과의 대화'라는 글을 대나무에 새겨 책을 만들었는데, 이는 마을 아이들이 가장 좋아하는 이야기이기도 했다. 온 동네 아이들은 저녁마다 누카스 할머니 집의 마당에 모여 앉아 초롱초롱한 눈으로 누카스 할머니의 이야기를 듣고는 했다. "아주 오래전, 저 멀고 먼 별나라에서는 말이지."하며 시작하는 누카스 할머니의 이야기는 아무리 들어도 질리지 않는 재미가 있었다. 그래서 아이들뿐만 아니라 마을 어른 중에도 누카스 할머니의 이야기를 좋아하는 이가 많았다. 가끔 신에게 버림받은 제다가 헤어진 아들 루카를 만나 "내가 너의 아버지다."라고 하는 장면에서는 아이들의 환호성이 다른 마을에까지 들릴 정도였다. 마와 아라는 이런 아들을 갖게 된 것을 자랑스러워했고, 자신이 찬의 부모라는 것에 뿌듯해했으며, 이 모든 것에 대해 신에게 감사하게 생각하였다.

이런 이유로 마을 사람들은 찬을 가리킬 때 최고라는 의미에서 엄지를 추켜들었다.

오늘은 운 좋게도 타바 군락지를 찾아내서, 힘도 별로 들이지 않고 마와 타라 각각 두 개의 큰 바구니를 채울 수 있었다.

마와 타라는 골짜기를 따라 산을 내려왔다. 이들은 골짜기에서 평소에는 보기 힘든 메기까지 잡고, 한층 가벼워진 발걸음으로 산을 내려왔다.

17

"하하. 저 돌 말이야. 여자 거기처럼 생기지 않았어?"

타라는 들판 한가운데에 서 있는 바위를 가리키며 말했다. 마치 돌 두 개를 포개어 놓은 그런 모습이었다.

"가운데에 풀까지 난 게 정말 똑같네. 하하."

타라의 말을 듣고 보니, 정말 그런 것도 같았다.

"그러게."

타라가 물었다.

"우리 저기 가볼까?"

마가 대답했다.

"그래. 한번 가보지 뭐."

마와 타라는 바위를 향해 달려갔다. 양어깨에 매달린 바구니들이 엇박자가 되어 흔들리는 바람에 뛰기가 쉽진 않았다.

가까이에서 보니, 바위는 두 개의 돌이 포개어진 것이 아니라 하나의 돌이었다. 납작한 바위의 허리 부분을 둘러싸고 아주 깊이 움푹 팬 흔적이 있었다. 마을 아이들이 갖고 노는 나무 장난감 '요요'처럼 생겼다고 해야 하나? 눈사람을 위아래에서 눌러 놓은 모양으로 생겼다고 해야 하나? 어쩌면 타라의 표현이 가장 적당한 표현인 것 같기도 하였다.

마와 타라는 바구니를 내려놓고, 바위 위로 올라가 앉았다.

홈이 패인 부분에 발을 내려놓을 수 있어 앉아 있기 편했다.

저 멀리 들판 너머 누산 마을이 보였다. 참으로 마음이 편해지는 모습이었다.

마는 저기에 아라와 찬이 있다고 생각하니, 더없이 마음이 기뻐졌다.

이제 타라는 바위에 산에서부터 들고 온 나뭇가지로 바위에 올라온 개미들을 후려치는 데에 여념이 없었다.

마가 입을 열었다.

"한 님이 축복하신 게 틀림없어." (* '한'은 누산 마을에서 섬기는 신으로, 마을에서는 낮아졌던 태양의 고도가 다시 높아지기 시

작하는 날을 '신이 잠에서 깨어난 날'이라 생각하여, '쿠리스'라는 축
제를 열고 기뻐하였다. 이 축제는 온다르와 함께 이 마을의 가장 큰
축제였다)

"한 님의 축복이라고?"

타라가 마를 바라보며 물었다.

마가 대답했다.

"그럼. 한 님의 축복이고 말고. 한 님의 축복 없이 어떻게
이런 일이 일어날 수 있겠어?"

마는 태양을 바라보았다. 한 님을 오래 보고 싶었지만, 눈
이 너무 부셨다. 한 님을 너무 오래 쳐다보다가 눈이 멀어버
린 샨그라의 이야기가 떠오르자, 마는 얼른 눈을 내려 풀밭
을 다시 바라보았다. 풀들이 먹먹하게 잘 보이지 않는 것이
한 님이 화가 나신 게 틀림없었다.

타라가 다시 물었다.

"뭐가 한 님의 축복이라는 거야? 타바 많이 딴 거? 아님
메기 잡은 거?"

마가 대답했다.

"아니. 이 모든 것이 전부 다."

마의 말에 타라는 말없이 풀밭을 바라보았다. 풀밭 사이
사이로 꽃들이 흐드러지게 피어 있었다.

한참이 지나서야 타라가 입을 열었다.

"그렇다면 말이야."

마가 타라에게 고개를 돌리며 물었다.

"응? 그렇다면?"

타라가 말했다.

"그렇다면 한은 왜 나에게는 축복을 주지 않은 거지? 아라는 너에게로 갔고, 나와 주시아 사이에는 아기도 안 생기고. 신의 아들은 바라지도 않는데 말이야. 이건 너무 불공평한 거 아냐?"

타라의 말에 마는 깜짝 놀랐다.

"…"

마와 타라는 또다시 한동안 말이 없었다.

타라가 갑자기 일어서더니 소리쳤다.

"하하. 난 개미의 신 타라 님이시다. 어디 감히 나를 쳐다보는 것이냐? 무릎을 꿇어라. 작고 어리석은 존재여! 내가 바로 너희들의 신 타라다."

그러고는 타라는 나뭇가지로 바닥의 개미들을 더욱 세차게 후려쳤다. 놀란 개미들은 우왕좌왕했고, 어떤 개미들은 겁에 질렸는지 더 이상 움직이지 않고 멈춰 버렸다.

한동안 타라는 개미들을 후려쳤다. 그리고 마는 풀밭을 바라보며 앉아 있었다.

노을이 지고 있었다.

"타라, 이제 갈까?"

마가 물었다.

"어 시간이 벌써 이렇게 지난 거야?"

타라가 노을을 보며 말했다.

타라는 바위를 뛰어내려, 마를 보며 웃으며 말했다.

"어이, 대박 축복받은 놈. 집에 가자."

마도 바위를 뛰어내리며 말했다.

"어이, 개미의 신. 집에 가자."

마와 타라는 다시 바구니를 어깨에 들고 집으로 향했다.

"주시아의 엉덩이다."

타라가 왼쪽 엉덩이를 마의 엉덩이에 부딪히며 말했다. 마가 비틀거렸다.

"아라의 엉덩이다."

마가 다시 다가오며 오른쪽 엉덩이를 타라의 엉덩이에 부딪히며 말했다. 타라가 비틀거렸다.

타라가 말했다.

"그럼 나는 주시아의 엄마 엉덩이다."

마가 말했다.

"그럼 나는 아라의 엄마 엉덩이다."

"그럼. 난 주시아의 엄마의 엄마."

"그럼. 난 아라의 엄마의 엄마."

비틀거리며 가는 마와 타라의 앞으로 노을이 다하고 어둠이 찾아오고 있었다. 가벼운 발걸음이었지만, 누산 마을은 그리 가까운 곳은 아니었다.

18

"안녕. 타라."

"안녕. 마. 또 봐."

"그래. 잘 가."

마을 입구에서 마와 타라는 인사를 나누고 헤어졌다. 타라는 시냇가 근처의 집을 향해 갔다. 마는 마을 뒷산 앞의 집을 향해 걸어갔다. 이미 깜깜해진 지 몇 시간이 흘러 밤하늘의 별들이 잘 보였다. 밤하늘을 가로지르는 은하수가 오늘은 한층 더 영롱하고 아름다워 보였다.

'타라가 아라를 마음에 두고 있었구나.'

마는 타라에게 미안한 생각이 잠시 들었지만, 아라의 얼굴이 떠오르자 오히려 기쁨이 솟아났다.

"한의 능력은 하늘보다 높아 끝이 없다네.

한의 축복은 바다보다 넓어 끝이 없다네."

타난 할아버지가 가르쳐 준 노래를 흥얼거리며 마는 집으로 걸어갔다.

오늘도 구나이의 집의 불은 이미 꺼져 있었다. 어렸을 적부터 잠이 많았던 구나이는 어른이 되어서도 여전히 잠이 많았다. 언제나 일찍 잠이 들었고, 어떤 날은 해가 지기도 전에 잠이 들었다. 무언가 물컹한 것이 발에 채이더니 떼굴 떼굴 굴러갔다. 마는 다가가서 자세히 살펴보았다. 손가락 한 마디하고 절반 크기의 눈알이었다.

'불쌍한 자쿠. 결국 잡아먹혔구먼.'

자쿠는 얼마 전에 태어난 구나이집의 송아지였다. 자쿠는 수컷이었고, 수컷 소는 아무짝에도 쓸모가 없었다. (* 당시 누산 마을은 아직 농경 사회 이전이었다. 먹을 것은 사냥과 채집에 의존하고 있었다) 그래서 수컷 송아지는 태어나고 얼마 안 가서 잡아먹거나 좀 더 키운 다음에 잡아먹거나 했다. 하지만 송아지는 어릴수록 맛있다 하여 태어나고 일 년이 지나기 전에 잡아먹는 게 보통이었다. 교미를 위해 남겨진 몇몇 우수해 보이는 수컷 송아지들을 제외하고는 다 큰 수컷 소가 될 수는 없었다.

　아직도 많은 집에는 불이 켜져 있었다. 하지만 집들은 하나같이 조용했다. 저 멀리 산등성이 아래로 마의 집의 불빛이 보였다. 집에 빨리 가고 싶은 마음에 마는 걸음을 재촉했다.

19

집의 형체가 점점 가까워 보였다. 집 앞에는 마을 사람들이 모여 있었다. 조금 더 걸어가자, 웅성거리는 사람들의 소리가 들리기 시작했다.

'오늘도 찬이 신과 대화를 했나 보구나.'

찬은 어깨를 으쓱하고서는 집으로 달려가기 시작했다. 마당 앞에는 사람들이 겹을 이루며 둘러싸고 있었다.

"저에요. 마."

마의 소리에 사람들이 고개를 돌려 마를 쳐다봤다. 난쟁이 바룬과 바난 부부도 있었고, 뚱보 산다도 있었고, 잠보 구나이도 거기에 있었다. 귀머거리 라인도 사람들이 마를 쳐다보자 고개를 돌려 마를 쳐다봤다.

"무슨 일 있어요? 찬이 무서운 얘기를 했군요?"

마는 마당으로 걸어갔다. 점점 많은 사람들이 고개를 돌려 마를 쳐다보며, 길을 내어 주었다. 사람들 사이를 지나 마당 앞에 마는 멈춰 섰다.

"산에서 늑대가 내려왔었네."

타난 할아버지가 말했다.

"비명을 듣고 달려왔는데…. 오, 한이시여."

누카스 할머니는 울먹거리며 말을 잇지 못했다.

마당은 온통 피와 피떡으로 얼룩져 있었다. 아라의 왼쪽 아랫배에는 배의 절반을 차지하는 큰 구멍이 나 있었고, 그 사이로 내장들이 쏟아져 나와 있었다. 왼쪽 다리는 허벅지 아래로 남아 있지 않았고, 팔은 양쪽 모두 없었다. 두피는 거의 벗겨져 두개골이 드러났는데, 단단한 두개골 뼈 때문에 먹기를 포기한 듯했다. 오른쪽 볼과 귀 부분의 피부가 뜯겨, 안쪽의 살과 뼈가 드러나 있었고, 마라의 양쪽 눈은 위를 바라보고 있었다. 찬은 두개골이 약해서였는지, 오른쪽 두개골이 파여 있었다. 뇌의 일부분은 잘려나가고 없었고, 파인 부분을 통해 멀겋고 핏빛을 한 액체가 흘러나오고 있었다. 한쪽 눈구덩이는 깊이 패 있었고, 남은 한쪽 눈은 앞을 바라보고 있었다. 이제야 인간이 되어 가고 있는 것 같았다. 가슴 아래쪽으로는 남아 있는 게 없었고, 양쪽 팔도 거칠게 잘려 나가 있었다.

마는 아라와 찬에게 다가갈 엄두가 나지 않았다. 마는 밤새 그 자리에 멈춰 서 있었다. 타라의 말이 머릿속을 떠나지 않았다.

"이건 너무 불공평한 거 아냐?"

20

"여기까지입니다."

나는 첫 번째 변론을 마쳤다.

위원장 사트안이 말했다.

"다 번즈, 잘 들었습니다." (* '다'란 용어는 이름 앞에 써서 존경의 의미를 뜻한다. 지구 언어의 존칭은 성별이나 연령 그리고 직업 등에 따라 다른 존칭을 표현하는 용어가 사용되는 경우가 많아 여기서는 원래의 '다'라는 용어를 원래대로 사용하고자 한다)

그리고 덧붙였다.

"다음에는 좀 더 간략하게 얘기해 주시기 바랍니다. 중요한 주제들만 모아서 말이죠. 사사로운 이야기는 그렇게 중요하지 않아 보입니다만."

내가 대답했다.

"네. 알겠습니다."

사트안이 말했다.

"자 다음, 다 키렌 변론 부탁드립니다."

키렌의 변론은 개발도상 행성의 모범 사례이며 선두 주자인 키레네의 우수성, 그리고 그동안의 빠른 진화를 근거로 추정되는 앞으로의 더욱 빠른 진화의 가능성, 그리고 미래 우주의 주요한 구성원이 되어 우주의 행복에 큰 기여를 할 수 있는 키레네의 무한한 가능성에 대한 것이었다. 키렌의 변론은 중요한 내용을 아름다운 영상을 배경으로 짜임새 있게 보여 줬고, 그리고 아주 짧은 시간 만에 끝났다. 마치 프리젠테이션의 귀재 같았다. '스티브 잡스'와 많은 'TED'의 연사들이 떠올랐다. 기억에서 지워지지 않을 아주 인상적인 변론이었다. 지구 행성의 변론인인 나마저도 순간 키레네 행성은 반드시 살아남아서 우주의 중요한 존재가 되어야 한다고 느껴질 정도였다.

사트안이 말했다.

"자. 다 번즈. 마지막 변론 부탁드립니다."

'마지막 변론이라니? 이제 겨우 두 번째인데. 마지막은 보통 여러 번 무언가가 있을 때, 말 그대로 마지막에 쓰는 말 아닌가?'

나는 순간 '나도 모르게 여러 번 변론을 했는데, 나만 기억하지 못하고 있는 것은 아닐까?'하는 생각이 들었다.

잠시 후 내가 대답했다.

"아, 네. 알겠습니다."

나는 생각했다.

'삭의 이야기와 제의 이야기는 할 수 없겠구나.'

21

평결 얼마 전.

마지는 흥얼거리며, 책상을 정리하고 있었다.

그러고 나서는 힘주어 말했다.

"자, 이제 기기들은 원위치로!"

노르선이 말했다.

"아주 신났구먼. 좋겠어. 부러우이. 파르세라."

마지는 노르선의 이야기를 못 들은 듯했다.

마지가 노르선에게 물었다.

"이 지브로 장치들 생물 보관실에 가져다 놓으면 되는 거
지?"

노르선이 대답했다.

"아마 거기엔 남은 자리가 없을 걸. 일단 무생물 보관실에 갖다 놓자고."

마지가 말했다.

"그래? 알았어. 자, 그럼 힘 좀 써볼까?"

마지는 벽 앞에 서서 쪽에 가지런히 놓여 있는 지브로 장치들을 바라보며 투덜댔다.

"아, 망할 샤이런 스타. 이게 대체 몇 개야?"

노르선이 대답했다.

"한 다섯 대는 될걸."

마지가 말했다.

"다섯 대가 모두 고장이라. 이러다 샤이런 스타 망하는 거 아니야?"

노르선이 말했다.

"설마."

마지가 세 개의 손으로 지브로 장치를 들어 올리며 말했다.

"요즘은 모든 게 코랄 천지네. 메이드 인 코랄, 메이드 인 코랄."

노르선이 대답했다.

"인건비가 싸니까."

마지가 지브로를 보며 말했다.

"자, 그럼 가실까요~?"

무생물 보관실에 지브로를 내려놓고, 한 번 더 사무실로 다녀온 마지는 마지막 지브로를 선반에 올리고 있었다.

"자, 이제 끝인가?"

"어, 이게 뭐지?"

마지는 눈에 힘을 주어 지브로 밑에 쓰여 있는 글자를 다시 한번 읽어 보았다.

'메이드 인 자비콘?'

사트안은 생산라인에 문제가 있었다고 말했다.

'메이드 인 자비콘이라.'

그때, 눈앞에 마블이 나타나 몸으로 파고들었다.

나의 사랑 마지.

생각보다 일이 길어질 것 같아.

파르세 여행은 다음으로 미뤄야 할 것 같아.

미안해.

언제나 그리고 영원히 사랑해.

당신에 대한 나의 마음을 담아,

키맨.

마지는 생각했다.

"'언제나 그리고 영원히'라고?"

'사랑해'라는 말은 그 안에 '언제나 그리고 영원히'라는 의미를 담고 있다. 그 어떤 바보도 사랑하는 순간에는 그것이 일시적이거나 영원하지 않을 거라 생각하진 않는다. 그것은 필요 없는 부사였다.

마지는 찜찜했다.

"자네가 키맨인가? 음, 카펜트 행성인이군."

사트안이 말했다

"네. 맞습니다."

키맨이 대답했다.

사트안이 말했다.

"키맨이라. '중요한 사람'이라는 뜻인가?"

키맨이 기다렸다는 듯이 대답했다.

"네. 아버지께서 지어 주셨죠. 우주의 주인공이 되라고."

사트안이 말했다.

"좋은 이름이군."

사트안이 잠시 말이 없다가 물었다.

"샤이런 스타 사에서 일했다지?"

키맨이 대답했다.

"네. 디바인 샤이런 정보 스쿨 졸업 후, 6년간 일했습니다."

사트안이 다시 물었다.

"지브로 내비게이션의 원리에 대해 좀 아는가?"

키맨이 신이 나서 대답했다.

"조금이 아니라 많이 알죠. 제가 지브로 개발 부서에서 일했으니까요."

사트안은 한동안 손가락으로 책상을 두드리고 나서 말했다.

"갈 데가 있네."

그러고는 사트안은 종이 한 장을 내밀었다.

'지구, 키레네, 그리고 아무 행성이나.'

키맨이 말했다.

"지구, 키레네, 그리고 아무 행성이나? 앞에 두 개는 이해가 갑니다만, 이 마지막은 뭡니까? 아무 행성이라뇨?"

사트안이 말했다.

"말 그대로네. 아무 행성이나 다녀오게."

키맨이 물었다.

"네? 그럼, 파르세에 가도 됩니까?"

사트안이 말했다.

"물론. 하지만 내가 모르게 가야 하네. 자네와 마지가 파르세로 가겠다는 휴가 신청서를 내가 승인했지, 아마? 그리고 난 자네가 아무 행성으로 파르세를 갈 수도 있다는 생각을 이미 하고 있었던 말이지."

키맨이 눈이 커지며 물었다.

"네? 그게 무슨 말씀이십니까?"

사트안이 말했다.

"말 그대로네. 어디로 가는지 내가 모르게 다녀오게. 내가 감도 못 잡을 곳 말이야. 자네도 모르는 곳이면 더 좋고."

키맨이 고개를 기웃하며 물었다.

"네?"

대답 없이 사트안은 덧붙였다.

"어디를 갔는지 세상 누구에게도 말해서는 안 되네. 통신상으로라도 마지한테도 말하면 안 돼."

키맨은 더 묻는다고 대답을 들을 수 있을 것 같지 않았다.

"네. 알겠습니다."

"지브로 들고 가서 위치와 궤도 정보를 측정해 오게."

키맨이 고개를 들며 말하려 했다.

"지구와 키레네는 마지랑 노르선이 이미…"

사트안이 키맨의 말을 자르며 말했다.

"어이, 친구. 그냥 좀 하라면 하지 않을 텐가? 참 말이 많군."

키맨이 다시 고개를 숙이며 말했다.

"네. 알겠습니다."

사트안은 손을 밖으로 밀어내면서 말했다.

"나가게."

키맨은 자리를 일어서다 문득 입을 열었다.

"그런데 저랑 마지는 이번 주에…"

사트안은 손가락을 펴 입 가운데로 세우고는 다시 나가라고 손짓했다.

'이게 무슨 일이람?'

키맨은 도대체가 이해를 할 수 없었다.

아무리 생각해도 알 수 없는 노릇이었다.

23

먼저 찾아간 행성은 지구였다.

키맨은 지브로를 켰다.

"새로운 주체가 탐지되었습니다. 동기화하시겠습니까?"

"이거 뭐야?"

키맨은 지브로를 껐다 켰다.

"새로운 주체가 탐지되었습니다. 동기화하시겠습니까?"

"어허라. 그럴 수는 없지."

키맨은 '거절' 버튼을 눌렀다.

"동기화에 실패하였습니다. 1회 실패. 3회 실패 시 샤이런 장치로의 접근이 제한됩니다. 계속하시겠습니까?"

이번에는 '동기화' 버튼을 눌렀다. 앞으로 행성 두 곳을 더 들러야 했다.

"현재 위치는 0라디안, 0버디안, 0델로이입니다. 현재 궤도
는 정지 상태입니다."

"오, 신선한데."

키맨은 다른 지브로 두 대를 가지고, 같은 결과를 확인하
였다.

다음에 찾아간 행성은 키레네였다.

키맨은 지브로를 켰다.

"새로운 주체가 탐지되었습니다. 동기화하시겠습니까?"

"또 이 지랄이네."

키맨은 지브로를 껐다 켰다.

"새로운 주체가 탐지되었습니다. 동기화하시겠습니까?"

"어허라, 여기서도 그럴 수는 없지."

키맨은 '거절' 버튼을 눌렀다.

"동기화에 실패하였습니다. 2회 실패. 3회 실패 시 샤이런
장치로의 접근이 제한됩니다. 계속하시겠습니까?"

이번에는 '동기화' 버튼을 눌렀다.

"현재 위치는 0라디안, 0버디안, 0델로이입니다. 현재 궤도

는 정지 상태입니다."

"오, 정말 신선해."

키맨은 다른 지브로 두 대를 가지고, 같은 결과를 확인하
였다.

마지막으로 찾아간 행성은 말 그대로 아무 행성이었다.

아무 행성에 오기 전에 키맨은 두 가지 일을 했다. 먼저 마
지에게 마블을 보냈고, 다음으로 냉장고에서 마인(* 약한 술
의 일종. 지구의 맥주와 비슷하다) 한 캔을 꺼내어 마셨다. 다시
마지를 만날 수 있기를, 그리고 다시 마인을 맛볼 수 있기를.
괴물로 가득 찬 어느 행성에 떨어질지도 모를 일이었다.

이후, 키맨은 눈을 감고 계기판에 뜬 우주 지도 중 아무
데나 손가락으로 찍었고, 계속 눈을 감은 채로 샤이런 스타
사의 은하 간 드리프트내비게이션 장치에게 "이 행성으로!"
라고 명령했다.

그리고 그 아무 행성에 내린 키맨은 지브로를 켰다.

"현재 위치는 334라디안, 2541버디안, 3563텔로이입니
다. 현재 궤도는 초속 0.24라디안, 0.76버디안, 0.63텔로이입

니다."

'얼씨구, 이제야 정신이 드셨습니까? 지브로님."

키맨은 생각해 보았다.

'지구와 키레네에서는 새로운 주체로 동기화되고, 이곳 아무 행성에서는 원래 주체로 동기화가 된다.'

그리고 또 키맨은 생각하였다.

'지구 행성과 키레네 행성 vs. 아무 행성이라. 무슨 차이가 있는 것일까?'

한참을 생각에 잠겨 있던 키맨은 갑자기 마지에게 전화를 걸었다.

"마지막처럼 메시지 남기고 떠나더니 어쩐 일이야?"

마지가 자다 깬 듯한 목소리로 말했다.

"미안해. 마지."

키맨이 대답했다.

"거기 어디야?"

마지가 좀 더 큰 목소리로 물었다.

"미안해, 말해 줄 수가 없어."

키맨이 대답했다.

"대체 누구랑 어디서 뭘 하고 있는 거야?"

마지가 더욱 더 큰 소리로 소리쳤다.

"나 혼자야. 그리고 어디인지는 말해 줄 수 없고."

키맨이 대답했다.

"그러시겠다?"

마지가 비꼬았다.

마지는 키맨이 혼자라는 것을 알고 있었다. 그리고 어딘가에서 혼자서 무언가를 힘들게 하고 있다는 것도. 하지만 이렇게 비꼬면서 얘기를 해야 할 것만 같았다.

"미안해. 마지. 그런데 말이야. 마지."

키맨이 머뭇거리다 말을 이었다.

"키레네의 위치와 궤도 기억나?"

마지가 말했다.

"갑자기 무슨 소리야?"

"지난번에 키레네에 답사 갔을 때 말이야. 그때 지브로가 말해준 키레네의 위치랑 궤도가 얼마였어?"

키맨이 물었다.

"아. 그거 말이구나."

마지가 이어 말했다.

"그런데 그건 왜?"

키맨이 말했다.

"이유는 묻지 말고, 키레네의 위치와 궤도만 말해 줘. 대충 말해줘도 괜찮아."

마지가 대답했다.

"맞아. 나랑 노르선이 키레네에 가서 위치와 궤도 정보를 얻었지. 그런데 그게 지브로 내비게이션이었나?"

키맨이 물었다.

"우리 부서에서는 지브로 내비게이션밖에 안 쓰는데 무슨 소리야?"

마지가 말했다.

"맞아. 그렇겠지. 그럼 지브로 내비게이션일 거야."

키맨이 물었다.

"그래서 위치와 궤도 정보가 얼마였어?"

마지가 대답했다.

"어차피 얼마 후 키레네와 지구와 충돌한다는 사실은 바뀌지 않잖아."

키맨이 말했다.

"그렇긴 한데, 위치와 궤도 정보 쟀던 거 기억나?"

마지가 말했다.

"맞아. 나랑 노르선이 키레네 행성에 가서 위치와 궤도 정보를 알아냈지. 그리고 거기서 지구의 위치와 궤도 정보도 얻었어. 그래서 계산해 보니까 키렌 말대로 조만간 두 행성이 충돌하게 생겼더라고. 그런데 망할. 지브로가 고장 나는 바람에 지구에서는 위치와 궤도 정보를 알 수가 없었어. 어차피 얼마 후 키레네와 지구와 충돌한다는 사실은 바뀌지 않잖아."

키맨은 다시 물었다.

"그래서 키레네의 위치와 궤도 기억나? 대충이라도 말이야."

마지가 대답했다.

"그래. 그게 얼마였더라? 그런데 내가 그 위치와 궤도를 기억해야 하는 거야?"

키맨이 말했다.

"아니야. 괜찮아. 사랑해. 마지."

마지가 말했다.

"사랑해. 빨리 돌아와."

키맨은 마지가 전화를 끊기를 기다린 후 전화를 끊었다.

키맨은 지난번 키레네에서 쟀던 지브로 정보를 되뇌었다.

"현재 위치는 0라디안, 0버디안, 0델로이입니다. 현재궤도는 정지 상태입니다."

키레네 행성에서 지브로는 그곳이 우주의 중심이고, 궤도는 정지 상태였다고 했다.

"마지의 키레네 vs. 나의 키레네."

그리고 마지의 어색한 말들. 마지는 왜 키레네에서 얻은 행성의 위치와 궤도 정보를 모르는 것일까? 아니, 마지는 마치 자신이 위치와 궤도 정보를 모르고 있다는 사실조차 모르고 있는 듯했다. 하지만 키맨이 얻은 지브로의 정보는 지구와 키레네 모두 우주의 중심이고, 정지 상태였다.

키맨은 작은 바위에 앉아 아무 행성의 파란 노을을 바라보고 있었다.

파랗기는 하지만 온화한 느낌을 주는 노을이었다.

키맨은 갑자기 해답이 떠오를 것 같은 느낌이 들었다. 그리고 이때 위원장인 사트안의 말이 머리를 스쳐갔다

"키맨이라. '중요한 사람'이라는 뜻인가?"

키맨은 허둥지둥 왼쪽 상의 안쪽 주머니에서 다아라 우주 언어 대사전을 꺼내어 들었다. 그리고 숨을 한 번 고른 후, 대사전을 바라보며 자신의 이름을 불러 보았다.

"키맨."

사전의 액정에 다음과 같은 설명이 떠 올랐다.

키맨: 지구 행성인어, *keyman*
[명사] 중심 지구 행성인, 중요한 지구 행성인

"맙소사."

키맨은 우주선으로 달려가 곧장 디바인 행성으로 향했다.

24

When you're alone, silence is all you'll be.

- Katherine Jenkins <Abigail's Song> 중에서.

　진의 글은 나는 잘 알지 못하는 어느 노래 가사의 일부로
시작되었다.

다음 장을 넘기자, 진의 독백인 듯한 내용이 있었다.

왜?

나에게는 아무것도 가진 게 없었을까?

왜 나에게는 그 재미있는 장난감 하나 살 돈이 없을까?

왜 나는 빌린 과학상자를 돌려주기 위해, 그렇게 재미나게 만들었
던 모터로 돌아가는 그 멋진 풍차를 부수어야만 했을까?

왜 나는 이 조그만 시골에서 태어나서, 종일 저 시퍼런 하늘만 쳐다
보게 되었을까?

나도 저 멀리 가보고 싶은데.

나도 바다 건너 다른 나라도 가보고 싶은데.

나도 저 하늘 별나라에 가보고 싶은데.

나란 녀석에게 할 수 있는 것이라고는 이렇게 누워 하늘만 바라보고 있는 것뿐이라니.

나에게 할 수 있는 것은 이렇게 누워 꿈꾸는 것뿐이라니.

26

"너에게 선물을 줄게. 너에게 세상에서 가장 소중한 선물을 줄게."

"정말로요? 과학상자보다도 좋은 거요? 별나라 가보는 것보다 좋은 거요?"

"그럼. 좋고 말고. 훨씬 더 좋은 거야. 네가 생각해 보지도 못한, 그리고 생각하지도 못할 세상에서 가장 소중한 선물을 너에게 줄게."

"정말 감사해요."

다음 장에도 진의 독백인 듯한 내용이 이어졌다.

거기엔 아무것도 없었다.

암흑이라 말하기에 너무 어두운 어둠.

어둠이란 단어로 표현할 수 없는 어둠.

거기엔 아무것도 없었다.

처음엔 빛뿐이었다.

창문들로 빨간색, 초록색, 파란색이 들어왔고, 그것들이 이루어내는 밝은 빛으로 눈이 부셨다.

하지만 창문이 하나씩 하나씩 닫혀 갔다.

빨간빛의 창, 초록빛의 창, 그리고 파란빛의 창이 닫혔다.

그리고 거기엔 아무것도 없었다.

28

이어 진은 자신의 경험을 적어 놓은 듯했다. 일부 신에 대한 이야기들이 섞여 있기는 했지만.

어느 좋지도 나쁘지도 않던 그런 날에, 어느 좋지도 나쁘지도 않은 그런 인간을 고른 신은, 운명과 우연의 율법을 만들어 낸 자신의 위대함을 보여 주기로 했다.
신이 한 일은 큰 것이 아니었다.
나뭇가지로 인간이 앞으로 가지 못하도록 이리저리 막았을 뿐.

드라마를 볼 수도 없었다. 드라마에서 분출되어 나오는 그런 많은 감정들, 그런 것들을 나는 이겨낼 수 없었다. 그냥 하나하나의 대사에서도 눈물이 쏟아질 것 같은 그런 드라마들. 처음에는 드라마로 시작되었지만, 시간이 지나면서 볼 수 없는 프로가 많아지기 시작했다. 시간이 지나면서 버라이어티 쇼, 뉴스들도 볼 수가 없게 되었다. 나에게 결국 볼 수 있는 프로라는 것은 <동물의 왕국>이라는 다큐멘터리밖에 남아 있지 않았다. 나는 생각했다. '동물 애호가들은 어떻게 동물의 왕국을 보면서, 아무런 감정을 느끼지 않을 수 있냐? 뭐 반박할지도 몰라.' 하지만 나에게는 그랬다. 동물의 왕국은 그나마 마음의 동요 없이 볼만했다.

음악을 들을 수도 없었다. 음악에서는 가장 먼저 멀리하게 된 게, 한국어로 된 대중가요였다. 음악을 들으면서 느껴지는 그러한 가슴의 떨림을 나는 이겨낼 수 없었다. 역시 여기에서도, 점점 들을 수 없는 음악이 늘어나기 시작했다. 외국 대중가요, 클래식. 결국 마지막에 내가 들을 수 있는 노래라는 것은 만화 주제가뿐이었다. 나는 또 생각했다. '만화 주제가를 만드는 분들이 반박할지도 몰라.' 하지만 나에게는 그랬다. 만화주제가는 별 감정의 동요 없이 들을 수 있었다. 하지만 <파이널 판타지>의 'Eyes on me' 같은 노래는 만화주제가라 해도 들을 수가 없었다.

나는 분노했고, 절망했다.

그리고 사람들이 무서워지기 시작했다. 주위의 모든 사람들이 나를 해칠 것 같다는 생각을 들었다.

할 수 있는 것이라고는 그 조그만 방 안에서, 가만히 종일 멍하니 앉아 있는 것뿐.

나의 마음은 두려움 속에 있었다.

'자살.'

어느 날, 나의 머릿속에 이 한 단어가 떠올랐다. 그리고 그 단어는 나의 머릿속을 가득 채워서 꺼지지 않고 계속되는 아침의 알람 소리처럼, '자살'이라는 단어가 알람을 울려댔다. 지워지지 않는 그 단어. 머릿속에서 둥둥거리며 쉼 없이 들려오는 북소리처럼, 들려오는 그 단어. 쉼 없이 나를 중얼거리게 했던 그 단어.

'자살', '자살', '자살', '자살', '자살'

나의 눈에 비친 세상은 점점 어두워졌다. 빛이 들어올 창이 하나하나 닫혀 갔고, 빛은 들어올 길을 찾지 못했다. 빨간색의 창이, 초록색의 창이, 그리고 파란색의 창이 닫혔다. 그리고 어느 순간, 이러한 어둠들은 '어둠', '암흑' 그런 말로 표현할 수 없는 그런 색깔로 변해 나에게 다가왔다.

그리고 신은 말했다.

"그간 좋았느냐? 내가 너희들의 신이다. 내가 너희에게 베푼 먹을 것과 입을 것과 쉴 곳에 감사하라."

나의 인생은 그야말로, 썩 괜찮은 인생이었다.

부모님이 가난하긴 했지만, 그래도 부모님은 나에게 아낌없는 사랑을 베풀어 주었다. 그리고 정직이라든지 성실이라든지, 인생에 있어 그 무엇보다도 중요한 덕목의 중요성을 잘 가르쳐 주었다. 어렸을 적에 달리기를 좀 못하기는 하였지만, 조금씩 생활환경이 시골에서 도시로 바뀌면서, 상대적으로 달리기를 못 하는 것도 아닌 상황이 되었다. 나 자신보다 달리기를 잘하는 녀석들보다 못하는 녀석들이 훨씬 더 많아졌으니까. 대학에 한 번 떨어지기는 했지만, 다음 해에 합격하였고, 주눅 들지 않고 자신감 있게 살아왔다. 수업 시간에 졸까 봐 입 안에 스테이플러 철심을 넣고 씹으면서 수업을 듣다가 입 안이 헐 정도로 의욕도 있었다. 나의 첫사랑 이야기는 좀 유별나긴 하지만 그 이야기도 달리 보면 그리 유별날 것도 없는 것이었다. 모든 사람에게 그렇듯이.

신은 물었다.

"네가 왜 여기에 있는지 아는가?"

이유를 알 수 없었다. 왜 그런 어둠 속에 갇히게 되었는지. 말 그대로 까만 유리상자 안에 갇힌 것 같았다. 소리칠 힘도 없고, 소리를 쳐도 아무도 주변에 없었다. 그저 어둠만 있을 뿐. 그 두려운 색깔이 주위에 있을 뿐이었다.

이유를 알 수 없었다. 하지만 나는 그곳이 너무 무서웠다. 계속 거기에 있다가는 정신줄을 놓을 것만 같았다. 가만히 앉아서 중얼중얼대는 시간이 많아졌다. "그래서 말이야, 그렇다면, 나는 말이야, 세상이 말이야, 이 새로운 syntax 공식에서는 말이지." 나는 가만히 앉아 중얼대기 시작했다. 자꾸만 마음대로 소리치고 싶었다. "개 같은 세상아!" 아마도 '별것도 아닌 세상이 착한 나를 괴롭힌다.'는 뜻이었을 것이다. 하지만 나는 알고 있었다. 그런 소리를 외쳐대는 순간, 아마도 난 이미 나 자신을 통제 못 하는 단계로 들어가는 것을. 예전에 어디선가 본 듯한 말들이 떠올랐다. 'Insight(통찰력)를 소실하는 단계, 그게 바로 psychosis(정신병)의 시작이다.'

나는 신에게 간절히 애원했다.
"이곳에서 나가고 싶어요."
하지만 신의 대답은 들리지 않았다.

나는 어디선가 보았던 부처의 말을 떠올렸다. '독화살을 맞은 자는 독화살을 빼내고 빨리 독을 빼어 내어 치료해야지, 이 독화살을 쏜 자가 누구이며, 화살이 무엇으로 만들어져 있는지 아는 것이 중요한가?' 나는 생각했다. '그렇다. 독화살을 먼저 뽑아야 한다. 독화살이 무엇으로 만들어져 있는지, 누구한테, 왜 독화살을 맞았는지 그건 나중의 문제이다. 벗어나야 한다. 저 시꺼먼 유리 벽 밖으로 도망쳐야 한다. 여기 있다가는 험한 꼴을 당할 것 같다. 나가야 한다.'

이번 일은 나의 인생에 있어 최대의 난관이고 골칫거리이지만, 그렇다고 예전 나의 인생이 그리 편한 것만도 아니었다. 그렇기에, 그럴 때 살아가는 문제를 풀어가는 하나의 방식이 나에게 있었는데, 나는 그것을 '임시방편'이라고 부르곤 했다. 시험을 앞두고 문득 그런 생각이 들 때가 있다. '내일도 나의 인생이고, 오늘도 나의 인생인데, 내일 시험 때문에 내가 오늘 힘들어해야 하는 것은 과연 맞는 것인가? 미래를 위해 현재를 희생해야 하는 것은 맞는 것인가?' 시험을 앞두고 갑자기 이런 대책 없는 생각이 머릿속에 맴돌 때, 과감하게 그리고 멋지게 '오늘도 내 인생이니, 그래 결심했어, 이제부터는 내일보다는 오늘을 생각하면서 살 테다.'하고, 펜을 집어 던지고 나가버릴 수는 없는 노릇이다. 나는 이럴 때를 위해서 '임시방편'을 만들어 냈다. 그것은 '오늘 하루는 나의 인생이 아니다.'라고 생각하는 것이었다. '딴생각 말고 공부나 하자.'의 멋진 이름이 나에게는 '임시방편'이었다.

나는 임시방편을 이용해 나가 보았다.
'저 벽은 내가 깰 수가 있어. 게다가 하얀색이기도 하지.'
하지만 그 유리벽 밖에는 또 다른 까만 유리벽이 있었고, 그 밖에는 더 두꺼운 또 다른 까만 유리벽이 있었다. 계속되는 임시방편과 계속되는 새로운 까만 유리벽들.

'여기는 나갈 수가 없는 곳이다. 여기가 끝인 것이다.'

나는 신에게 물었다.
"언제쯤 여기서 벗어날 수 있나요? 이곳에서 벗어날 수 있긴 한 건가요?"
하지만 신의 대답은 역시 들리지 않았다.

처음에는 인간에게 운명과 우연의 율법을 가르쳐 주려 했던 신은, 앞으로 나가지 못하고 우왕좌왕하며 맴도는 인간을 보며, 약간 신이 났다. 그래서 나뭇가지로 인간을 '톡톡' 쳐 보았다.
그는 신이었다.

그러다가 신은 적잖이 놀랐다. 나뭇가지에 정통으로 맞은 인간이 파르르 떨더니, 잘 들리지도 않는 작은 목소리로 중얼대고는 더 이상 움직이지 않고 멈춰버린 것이다.

입술은 파랗게 변해 갔다.
온몸에서 느껴지던 통증이 사라지면서, 현란한 황홀함이 온몸을 파고들었다.

'나는 이제 떠나야겠다.

황홀함이 온몸을 감싼 지금,

나는 이제 떠나야겠다.'

그리고 나는 눈을 감았다.

움직이지 않는 인간을 나뭇가지로 몇 번 건드려 보던 신은 그래도
인간이 움직이지 않자, 이해할 수 없다는 듯 어깨를 으쓱하더니 말
했다.

"이것이 너의 운명이란다. 어느 좋지도 나쁘지도 않은 그런 사람이
었기에 우연히 내가 선택한 어리석고 작은 너의 운명."

그리고 신은 노래를 흥얼거리며 집으로 돌아갔다.

"나의 능력은 하늘보다 높아 끝이 없다네.

나의 축복은 바다보다 넓어 끝이 없다네."

29

얼마의 시간이 지났는지 알 수 없었다.

무언가가 보이기 시작했다. 그 어둠 속에서 무언가가 스멀스멀 보이기 시작했다. 처음에는 뿌옇게 형상조차 알아볼 수 없도록 그런 모습이었는데, 시간이 지나면서 너무도 자세하게 보일 만큼 그것은 나에게 가까워졌다. 어린아이의 눈처럼 푸른 기운을 띤 하얀 바탕 안에 있는 두 개의 과녁 모양의 원들. 갈색의 원 그리고 검은색의 원. 그리고 마지막에는 이미 알고 있었던 것으로 그것은 나에게 다가왔다.

그것은 나의 눈이었다. 나의 눈이 나를 바라보고 있었다.
거기에는 나를 바라보는 나의 눈이 있었다.

나는 생각했다.

'어차피, 빠져나갈 수 없다. 나는 이 공간을 나갈 수는 없다. 나는 이

시꺼먼 유리벽 안에 갇혀 있다.'

그리고 나는 생각했다.

'꿈을 꾸어야 해.

나의 꿈을,

나의 꿈을.

나의 머릿속에 새로운 세상을 만들어야 해.

내가 꿈꾸는 세상을.'

그리고 계속해서 생각했다.

'아무런 거칠 것도 없는,

아무런 제약도 없는,

자유로운,

내가 하고 싶은 대로 이루어지는 그런 세상.

그런 세상을 만들어야 해.

내 머릿속에,

그런 세상을 꿈꾸어야 해.

철옹성 같은 그런 꿈의 세상.

누구도 뭐라 할 수 없는 나만의 세상.

누구도 비난할 수 없는 그런 세상.

내 인생이 이 어둠 속에서 끝날지라도,

내 인생만은 아름다웠다고 말할 꿈들.

그리고

이게 꿈인지 현실인지 구별할 수 없는 그런 꿈들.

무한대의 자유.

내 맘대로의 세상.

나의 꿈.

즐거운 나의 꿈.

행복한 나의 꿈.

세상에 존재하지 않지만, 존재하는 나의 세상.

슈레딩거의 고양이처럼, 존재하지만 또 존재하지도 않는 나의 세상.

꿈.'

31

다음 페이지에는 다음과 같은 문장들만 쓰여 있었다.

'주제에서 스토리로 가는 인생은 없다. 주제에서 스토리로 가는 것
은 인생이 아닌 주제일 뿐이다.'

내가 여기까지 얘기했을 때, 심사위원들의 자리에서 비아
냥거리는 소리가 들렸다.

"주제가 없는 게 주제, 가 없는 게 주제. 크큭."

나는 못 들은 척 이야기를 계속했다.

이후 진의 책에는 몇 페이지에 걸쳐, 문장인지 공식인지 모를 여러 가지 내용들이 뒤죽박죽 섞여 있었다. 몇몇 페이지에는 그림도 함께 있었다. 마치 실험 노트와도 같은 것이었다. 그리고 글들의 가장 앞에는 괴물들의 이야기들이 있었다.

이름 없는 괴물들의 이야기 I

이름 없는 괴물들은 어두운 집이 너무 싫었어요.
어두운 집 안에서는 함께 놀 수가 없었거든요.
그래서 괴물들은 집 밖으로 나가기로 했지요.

한 괴물은 오른쪽 문으로 다른 괴물은 왼쪽 문으로 나갔어요.

하지만 집 밖에 나간 괴물들은 깜짝 놀랐어요.

오른쪽 문밖의 세상도 왼쪽 문밖의 세상도 온통 어둠뿐이었거든요.

함께 놀고 싶었던 괴물들은 너무 실망했답니다.

그래서 괴물들은 다시 집으로 돌아왔어요.

빛의 이중성

파동성 vs. 입자성

'빛과 스크린 사이에 이중 슬릿을 놓으면 간섭무늬가 보인다.'

(* '아, 이게 무슨 소리람.' 이름 없는 괴물들의 이야기는 무엇이고, 이어지는 생소한 물리학 단어는 또 무엇인가? 다행히도 나는 행성 유지위원회의 준비를 위해 정보 및 역사 부서의 지구 관련 데이터 마블을 받았는데, 그 안에 있는 내용들 덕분에 물리학과 관련한 몇 몇 내용을 이해할 수 있었다. 하지만 괴물들 이야기의 의미는 이해하기가 영 쉽지 않았다. 마블에서 얻은 정보를 이용하여, 지구에서의 괴물과 얽힌 동화나 신화, 전설을 찾아 보았지만, 진이 적은 괴물들의 이야기는 찾을 수 없었다. 수십 번을 괴물 이야기와 이어지는 물리학 이야기들을 반복해서 읽고 나서야 나는 이 괴물들의 이야기라는 것이 물리학 실험의 이야기를 은유적으로 표현한 것일지도 모

른다는 생각에 다다를 수 있었다. 실제로 괴물을 광자, 집의 오른쪽 문과 왼쪽 문을 이중 슬릿, 그리고 이름이라는 것은 이후에 등장하는 스핀을 이용한 광자 꼬리표[** 광자 꼬리표에 대한 내용도 '이름이 생긴 괴물 이야기'에 이어지는 물리학 이야기에 등장한다]에 대한 내용에 대응시켜 보면, 묘하게도 괴물의 이야기와 물리학 실험의 이야기가 잘 맞아 떨어진다. 진은 워낙 엉뚱한 친구라 물리학 실험을 빗댄 동화를 쓰고도 남을 녀석이다. 예전에 진은 학교에서 빌린 루이스 캐럴의 『이상한 나라의 앨리스』라는 동화책의 거의 모든 페이지에다가 알 수 없는 수학 공식과 물리학 공식으로 도배해 버리는 바람에 책의 원래 내용을 읽지 못할 지경으로 만든 적이 있었다. 복잡한 공식들은 기억이 나지 않지만, 얼굴밖에 안 보이는 고양이(이름이 체셔였던가?)의 양쪽 눈 주위에 마치 눈이 안 보이는 사람들이 쓰는 안경을 쓴 듯 덧칠해 놓았던 그림은 아직도 기억이 생생하다. 그날 저녁 집에 돌아간 진은 엄마한테 호되게 혼이 났다. (내 그럴 줄 알았지) 괴물들의 이야기에 이어지는 페이지의 대부분도 알아볼 수 없는 기호들과 그림들로 채워져 있었고, 내가 그나마 알아볼 수 있었던 것은 몇 개의 단어와 문장들뿐이었기 때문에 물리학 실험에 대해서는 마블을 통해 알게 된 정보를 덧붙이는 게 나을 듯하다. 빛의 역사는 파동성과 입자성의 전쟁이었다. 수 세기 전 17세기에도, "빛은 입자다. 아니다 파동이다."라는 말이 많았다. 호이

겐스[** 크리스티안 호이겐스 또는 크리스티안 하위헌스(Christiaan Huygens, 1629-1695)로 불리는 네덜란드의 수학자, 물리학자이자 천문학자이다. 1690년에 빛의 반사, 굴절, 그리고 회절 등 빛에 관한 파동 이론을 다룬『빛에 관한 논술』을 출간하였다. 이 이론은 아이작 뉴턴(Isaac Newton)이 자신의 저서『광학』에서 다룬 빛의 입자설과 반대편에 서 있는 이론이었다] 같은 사람은 빛은 파동이라고 주장하고, 뉴턴은 입자라고 주장했다. 그래도 당시에는 "역시 물리학 하면 뉴턴." 하는 시대였기 때문에 빛은 입자라는 주장이 오랫동안 받아들여졌다. 그러다가 19세기 초 영국의 영[** 토마스 영(Thomas Young, 1773-1829)은 영국의 의사이자 물리학자로, 빛의 파동이론을 증명하는 이중 슬릿 실험을 개발했고, 이로써 빛의 입자설과 파동설에 대한 논란에 종지부를 찍었다]이라는 사람이 파동이론을 이용해 빛의 간섭을 설명하고 나서는 '이중 슬릿 실험'을 통해 '빛은 파동이다.'라는 생각이 널리 받아들여진다. 게다가 19세기 말에는 영국의 맥스웰[** 제임스 클러크 맥스웰(James Clerk Maxwell, 1831-1879)은 스코틀랜드에서 태어난 영국 물리학자로 '빛은 전자기파의 일종이다'라는 빛의 전자기파설을 제안하였다]과 독일의 헤르츠[** 하인리히 루돌프 헤르츠(HeinrichRudolf Hertz, 1857-1894)는 독일의 물리학자로 전기진동 실험을 통하여 전자기파의 존재를 처음으로 실증해 보였다. 진동수의 단위 헤르츠(Hz)는 그의 이름을 기리는 의미에서 만들어졌다가 빛이 전자기파의 일종이라는 것을 밝혀내면서, 그간의 오랜 싸움은 파동설의 승리로 끝나는 것처럼 보였다. 그러나 후에 과학자들이 추가 연구를 통해 빛이 입자라고 주장하기 시작했다. 광전효과를 연구한 사람들이 빛이 입자라고 주장하기 시작한 것이다. 아인슈타인도 이 광전효과에 대한 연구를 해서 노벨상을 받았다. 내용인즉, 빛이 금속이나 원자 속에 들어 있는 전자를 떼어낼 때는 광양자와 전자와의 일대일 충돌로 전자가 튀어나온다는 것이다. 따라서 에너지가 큰 광양자는 전자를 떼어낼 수 있지만, 에너지가 작은 광양자는 아무리 많아도 전자를 떼어낼 수 없다. 이것으로 진동수가 작은 붉은빛은 아무리 강하게 빛을 비추어도 광전자가 나오지 않지만, 진동수가 큰 푸른빛은 약하게 비춰주어도 전자가 튀어나오는 것을 설명할 수 있었다. 또한 같은 색을 비춰 주었을 때 튀어나오는 광전자의 에너지가 모두 같은 것도 설명할 수 있었다. 같은 색의 빛은 모두 같은 에너지를 가지는 광양자로 이루어졌으므로 전자와의 충돌로 전자에 전해주는 에너지가 같기 때문이다. 이러한 내용은 빛의 입자성에 대한 설명으로서 이렇게 해서 다시 주도권이 입자성으로 넘어간다)

이름 없는 괴물들의 이야기 II

하지만 이름 없는 괴물들은 어두운 집이 너무 싫었어요.

그래서 괴물들은 다시 집 밖으로 나가기로 했지요.

괴물들은 너무나도 함께 놀고 싶었거든요.

괴물들은 함께 오른쪽 문으로 나갔어요.

하지만 오른쪽 문밖의 세상은 온통 어둠뿐이었어요.

괴물들은 함께 왼쪽 문으로 나갔어요.

하지만 왼쪽 문밖의 세상도 온통 어둠뿐이었어요.

함께 놀고 싶었던 괴물들은 너무 실망했답니다.

그래서 괴물들은 다시 집으로 돌아왔어요.

(* 역시 괴물들의 이야기는 물리학 실험에 대한 상징적 동화일 것이다. 이후 내용은 아마도 영의 실험을 발전시킨 추가 실험에 대한 내용인 듯하다. 영의 실험에서, 광자 발생기의 강도를 크게 낮춰서 1초당 광자 하나가 발사되도록 조절하더라도 역시 스크린에는 간섭무늬가 보이게 된다. 1초당 광자가 하나씩 발사된다면, 간섭이 일어날 수가 없음에도, 스크린에는 여전히 간섭무늬가 보이게 된다. 입자설과 파동설 둘 다 이런 현상을 설명할 수 없지만, 양자역학을 이용하면 이를 설명할 수 있다. 양자역학의 설명은 이렇다. 파인만[** 리차누 필립스 파인만(Richard Phillips Feynman, 1918-1988)은 미국의 물리학자로, 『파인만 씨 농담도 정말 잘하시네요』를 비롯 여러 대중적인 저작물을 통해 과학의 대중화에 힘썼으며, 아인슈타인과 함께 20세기 최고의 물리학자로 일컬어진다. 여기에서의 해석은 파인만의 물리학 책인 『파인만 강의』 제3권의 해석에 바탕을 두었다]의 설명에 따르면, 하나의 광자는 두 개의 슬릿을 동시에 거쳐 온다. 즉 스크린에 도달한 광자는 두 개의 가능한 과거를 갖고 있으며, 이

들이 결합되어 나타난 확률파동에 의해 스크린의 특정 위치에 도달할 확률이 결정된다. 광자의 두 슬릿을 각각 통과하는 파동확률이 스크린에서 합쳐지면서 간섭무늬가 나타난다는 것이다)

이름이 생긴 괴물들의 이야기

한 괴물이 물었어요.

"너는 이름이 뭐니?"

"나는 이름이 없어."

다른 괴물이 물었어요.

"너는 이름이 뭐니?"

"나도 이름이 없어."

그래서 괴물들은 서로에게 이름을 지어 주었어요.

착한 괴물, 나쁜 괴물.

착한 괴물과 나쁜 괴물은 어두운 집이 너무 싫었어요.

괴물들은 너무나도 함께 놀고 싶었거든요.

그래서 착한 괴물과 나쁜 괴물은 다시 집 밖으로 나가기로 했지요.

집 밖에 나간 괴물들은 깜짝 놀랐어요.

세상이 온통 밝아진 것 아니겠어요.

착한 괴물과 나쁜 괴물은 서로 바라보았어요.

착한 괴물의 모습을 본 나쁜 괴물은 착한 괴물과 함께 놀고 싶었어요.

하지만 나쁜 괴물의 모습을 본 착한 괴물은 나쁜 괴물과 함께 놀고 싶지 않았어요.

그래서 괴물들은 다시 집으로 돌아왔어요.

광자 발생기

꼬리표 → 입자성

'자신의 존재를 들키면 광자는 입자성을 띠게 된다.'

(* 이 내용은 광자에 꼬리표 달기 실험의 내용인 듯하였다. 지나가는 광자에 꼬리표를 달아주는 장치를 두 개의 슬릿 바로 앞에 각각 설치한다. [** 꼬리표 부착기라는 것은 슬릿을 통과하는 광자의 스핀 축이 어떤 특정 방향으로 향하도록 해주는 장비이다] 다시 말하면, 광자가 1번, 2번 슬릿 중 하나를 통과하게 되어 있는데, 1번 슬릿 앞에는 스핀 축을 위로 향하게 하는 꼬리표 부착 장치가 있고, 2번 슬릿 앞에는 스핀 축을 아래로 지나게 하는 꼬리표 부착 장

치를 설치한다. 이후, 입자가 도착한 위치뿐만 아니라 스핀의 축의 방향까지 측정할 수 있는 고급형 스크린을 사용하면 '어떤 광자가 어떤 슬릿을 통과했는지' 판별할 수 있다. 이렇게 장비를 만든 상태에서 실험을 하면 원래 보였던 간섭무늬가 더 이상 스크린에 나타나지 않게 된다. 그 이유는 슬릿 바로 앞에 장치한 꼬리표 부착기가 광자가 어떤 슬릿을 통과했는지 알려주기 때문에 광자는 간섭이라는 성질을 포기하고 입자처럼 행동하기 때문이다. 입자가 된 광자는 한 번에 하나의 슬릿만을 통과할 수 있으므로 확률 파동의 중첩이 일어나지 않으며, 따라서 간섭무늬도 나타나지 않게 된다)

이름을 잃어버린 괴물들의 이야기

나쁜 괴물이 말했어요.

"나는 내 이름이 싫어."

착한 괴물이 말했어요.

"나는 내 이름이 좋은데."

나쁜 괴물이 말했어요.

"나도 이제 착한 괴물 할래."

그래서 나쁜 괴물은 착한 괴물이 되었답니다.

착한 괴물들은 어두운 집이 너무 싫었어요.

착한 괴물들은 너무나도 함께 놀고 싶었거든요.

그래서 착한 괴물들은 다시 집 밖으로 나가기로 했지요.

하지만 세상은 다시 온통 어둠뿐이었어요.

함께 놀고 싶었던 착한 괴물들은 너무 실망했답니다.

그래서 괴물들은 다시 집으로 돌아왔어요.

스컬리와 드륄의 실험

+ '지우개 → 파동성'

'자신의 존재를 들키지 않는다면 광자는 다시 입자성을 잃게 된다.'

(* 이 내용은 아마도 변형이 가해진 스컬리와 드륄의 실험을 적은 것 같았다. 1982년 스컬리와 드륄[** 마를란 스컬리(Marlan O. Scully)과 카이 드륄(Kai Druhl)은 미국의 물리학자로, 1982년 '지연 양자지우개'라는 개념을 도입하였다]이라는 사람들은 '지연 양자지우기'라는 실험을 했는데, 여기에 약간 변형이 가해진 듯했다. 옆에 있는 그림과 함께 생각했을 때, 아마도 다음과 같은 내용일 거라 생각한다. 제2 실험과 같은 상황에서 광자가 스크린에 도달하기 직전에 광자의 과거 정보를 어떻게든 지워버릴 수 있다면, 스크린에는 어떤 무늬가 나타날까? 광자가 어떤 슬릿을 통과했는지 알려주는 정보를 무효화시키면, 다시 말하면 스핀 축이 어떤 방향이지 모르게 만든다면, 두 개의 경로를 동시에 지나온 과거가 다시 부활하면서, 스크린에 간섭무늬가 나타날까? 다시 말하면, 꼬리표 부착기의

정보를 다 지워버린다면, 즉 광자의 스핀 축이 위로 향해 있는지, 아래로 향해 있는지 다 지워버리는 장치를 추가한다면, 어떻게 될까? 그럴 경우 스크린 바로 앞에 광자의 스핀 축에 대한 정보를 지워버리는 장치를 추가하면, 광자는 다시 스크린에 간섭무늬를 만들어 내기 시작한다)

36

이름을 다시 찾은 괴물들의 이야기

한 착한 괴물이 말했어요.

"내가 나쁜 괴물이 될게."

다른 착한 괴물이 말했어요.

"그럼 나는 착한 괴물이 될게."

나쁜 괴물과 착한 괴물은 어두운 집이 너무 싫었어요.

괴물들은 너무나도 함께 놀고 싶었거든요.

그래서 나쁜 괴물과 착한 괴물은 다시 집 밖으로 나가기로 했지요.

세상은 다시 밝아져 있었어요.

나쁜 괴물과 착한 괴물은 서로 바라봤어요.

그리고

'우적우적'

나쁜 괴물은 착한 괴물을 잡아먹었답니다.

슬릿-광자 감지기------지구

스위치 *off* → 파동성, 스위치 *on* → 입자성

슬릿------광자감지기-지구

스위치 *off* → 파동성, 스위치 *on* → 입자성

(* 이 부분은 이해하기가 가장 어려운 부분이었다. 나의 이해가 옳기를 바랄 뿐이다. 마블을 통해 지구의 모든 정보를 알게 되었더라도 진의 글을 읽는 것이 쉽지 않았다. 진은 많은 지식을 수정하고 변형시킨 듯했다. 광자감지기라는 것은 광자가 슬릿을 통과했음을 감지하는 장치일 것이다. 앞서 나온 광자의 꼬리표 부착 장치와 비슷한 이야기이다. 이때 광자 감지기의 스위치를 꺼 놓으면 스크린에는 원래의 영의 실험 결과처럼 간섭무늬가 선명하게 나타날 것이다. 그러나 광자 감지기의 스위치를 켜서 감지기가 광자를 감지했다면 광자는 그 길로 간 것이고, 감지하지 못했다면 다른 쪽 길로 간 것이 되어 광자가 어떤 슬릿을 통과했는지 알게 될 것이다. 신기한 것은 감지기에게 자신의 경로를 들켜버린 광자는 파동성을 잃어버

리고 입자처럼 행동하기 때문에 스크린에는 더 이상 간섭무늬가 나타나지 않는다는 것이다. 여기서 이제 광자 감지기의 위치를 스크린에 가까운 쪽으로 이동시킨다면 어떻게 될까? 이 경우에도 광자 감지기의 스위치를 꺼 놓으면 스크린에는 간섭무늬가 나타나고, 스위치를 다시 켜면 간섭무늬는 사라진다. 왜냐하면 이 실험에서 광자가 어떤 경로를 통과했는지 확인하는 과정은 광자가 슬릿을 지나고 나서 한참이나 지나서 이루어졌기 때문이다. 광자는 슬릿을 지나는 순간에 파동처럼 지나가서 두 개의 경로를 동시에 지나갈 것인지 아니면 입자처럼 행동하면서 한 번에 하나의 경로만을 따라갈 것인지를 결정하게 된다. 그리고 이제 막 광선 발생기에서 나와서 슬릿을 향해 달려가는 광자는 아직 지나가지도 않은 저 앞에 있는 광자 감지기의 스위치가 켜져 있는지 아니면 꺼져 있는지 알 길이 없다. 만약에 광자가 어디를 통과하는지 인지하는 광자감지기의 스위치가 꺼져 있다면, 광자는 처음부터 파동적인 성질을 가지고 두 개의 경로를 동시에 지나가야 한다. 그래야 스크린에 간섭무늬를 만들 수 있기 때문이다. 그리고 만약 광자감지기에 도달했을 때 스위치가 켜져 있었다면 광자는 당혹스럽게 될 것이다. 파동처럼 행동하기로 마음먹고 처음부터 지금까지 그렇게 날아왔는데, 눈앞에는 자신의 입자성을 관측하려는 광자 감지기가 자신의 존재를 잡아내려고 버티고 있으니 말이다. 이런 상황에서 광자는 어떻게 할까? 광자는 말 그대로 쿨하다. 이것저것 생각할 것도 없이 그간의 모든 일들을 모두 다 쿨하게 잊고, 입자처럼 행동한다. 신기하게도 이러한 현상은 광자 감지기의 거리와 상관이 없다. 광자 감지기가 광자발생기로부터 아무리 멀리 있어도 광자 감지기의 스위치가 켜져 있기만 하면 광자는 무조건 입자처럼 행동한다. 더욱 신기한 것은 스위치가 광자가 날아오는 동안 바뀌어도[켜짐에서 꺼짐으로 그리고 꺼짐에서 켜짐으로 바뀌어도] 똑같은 결과가 나타난다는 것이다. 제아무리 우주 저 멀리에서 발생한 광자라 해도, 저 멀리 우주 끝에서 시작된 후, 이중 슬릿의 역할을 하는 어떤 우주의 힘에 이끌린 후에 지구에 날아오게 되어, 당신의 책상 위의 광자 감지기에 걸려 버렸을지라도 이 같은 광자의 쿨한 성격은 변함이 없다) 그리고 그 아래에는 부연설명인 듯한 다음 내용이 있었다.

빛이 관찰자가 있고 없음에 따라, 입자성의 성질이 있고 없다는 것은 빛이라는 것이 관찰될 때, 다른 말로 다른 어떤 존재가 빛을 입자인지 아닌지 유심히 보고 있을 때(빛이 입자인지 파동인지 관심 없이 그냥 멍 때리고 있는 상황과는 다르다), 그 실체를 드러내어 입자성을 띄게 된다. 누군가 자신이 입자인지 아닌지 관심도 없다면, 그저 자기 멋대로 입자인 듯 아닌 듯 맘껏 모습을 가지고 있다가, 자신을 누군가가 바라보면서 자신의 존재를 누군가 인식하고 있을 때(광자가 인식을 하는지 안 하는지는 모르겠으니, 그저 누군가 자신을 인식하고 있다고 하자), 당당히 자신의 모습을 드러내며, "나 이런 존재요."
라고 말한다.

이후 진은 자신의 우주에서의 공간, 시간, 삶, 그리고 운명
과 우연에 대하여 누군가에 이야기를 들려주듯이 적고 있
었다. 나에게 이야기하는 것은 아니었다. 나에게 하는 이야
기였다면, 진은 '당신'이라 부르지 않고 내 이름을 부르고 말
았을 것이다. 아니면 '너'라고 하든지 말이다.

37

나의 우주에서의 공간에 관하여

'나'는 '너'로 인하여 '나'가 된다.

'나'가 되면서 '나'는 '너'라고 말한다.

모든 참된 삶은 만남이다.

- 마르틴 부버 『나와 너』 중에서

"꽃은 왜 꽃일까?"

대체로 정의 자체를 존재로 규정하는 이야기들은 당혹스럽긴 하지만, 상당한 신비감을 내포하고 있다.

내가 그의 이름을 불러 주기 전에는

그는 다만 하나의 몸짓에 지나지 않았다

내가 그의 이름을 불러 주었을 때

그는 나에게로 와서 꽃이 되었다

내가 그의 이름을 불러 준 것처럼

나의 이 빛깔과 향기에 알맞은

누가 나의 이름을 불러다오

그에게로 가서 나도 그의 꽃이 되고 싶다

우리들은 모두 무엇이 되고 싶다

너는 나에게 나는 너에게

잊혀지지 않는 하나의 눈짓이 되고 싶다

- 김춘수 '꽃'

꽃이 꽃인 이유는 당신과 내가 꽃을 꽃이라고 생각하기 때문이다.
당신과 내가 생각하는 그 꽃을 꽃이라고 하니, 꽃은 꽃이 된 것이다.
이것은 단순한 이름에 대한 것이 아니다. 이름에 대한 문제였다면,
아까부터 이 글의 내용이 바뀌었을 것이다. 만약 우리가, '꽃'이라는
것을 '꼼'이라고 부른다면, 나는 이 글의 앞부분에서 이렇게 말했을
것이다. "꼼은 왜 꼼일까?" 이 글이 영어로 되어 있으면, 꽃이란 말
대신 'flower'라는 말로 의문문이 바뀌었을 것이다. 여기서, "꽃은

왜 꽃일까?"라는 질문은 나와 당신의 공통적인 인식에서 기인한다. 내가 알고 있는 꽃과 당신이 알고 있는 꽃에 대한 공통적인 인식에서 말이다. 다른 말로 하면, "꽃은 왜 꽃일까?"라는 이 질문에 대한 대답은 대답이 어찌 되었건 당신과 나의 공통적인 인식에서 나오게 된다. 당신과 내가 공통적으로 생각하는 꽃에서 말이다. 그래서 "당연한 것 아니냐?"라는 대답과 "꽃은 꽃이니, 당연히 꽃은 꽃인 것이다."라는 두 대답 모두 맞는 것이다.

하지만 당신의 친구 중 하나가 꽃을 한 번도 보지 못하고, 냄새를 맡지도 못하고, 꽃이라는 것의 존재를 모르는데, 당신이 그 친구에게 "꽃은 왜 꽃일까?"라고 질문한다면 어떤 일이 벌어질까? 당신은 꽃을 알고 있다. 하지만 상대방은 꽃이라는 것은 금시초문이다. 이럴 경우, 당신은 꽃을 인식하고 있지만, 상대방은 꽃을 인식하지 못한다. 당신이 "꽃은 왜 꽃일까?"라고 물어봐서, 상대방은 '꽃이란 게 있나 보다.' 하고 생각할 것이다.

당신의 꽃과 그 사람의 꽃은 다르다. 당신은 꽃의 실체를 알고 꽃에 대해 묻는 것이고, 그 사람은 꽃의 실체를 모르고 꽃의 존재에 대해서만 알게 된 것이다. (물론, 당신이 평소에 그 사람의 신뢰를 잃었다면, 그 사람에게는 꽃의 실체뿐 아니라 존재에 대해서도 모르게 되겠지만)

그렇다면, 그 사람에게 있어 "꽃은 왜 꽃인가?"라는 것이 당연한 질문일까? 과연 "당연하지."라고 답할 수밖에 없는 질문일까? 그 시작을 보면 이러하다. 처음 어느 순간, 엄마이든 누구든 아마도 당신에게 꽃을 보여 주면서, "이게 꽃이란다."라고 알려 주었을 것이다. 만약 당신이 눈이 안 보인다면 꽃을 만지게 하면서, "이게 꽃이란다."라고 알려 주었을 것이고, 당신이 눈도 안 보이고 몸도 못 움직이더라도, 누군가 "이게 꽃이란다."라며 꽃에 대해 알려준 적이 있기 때문에, 당신은 "꽃은 꽃"이라고 받아들이게 되고, 따라서, 당신은 "꽃은 왜 꽃인가?"라는 질문에 "당연하지." 하고 대답할 수 있는 것이다.

당신은 나의 "꽃은 왜 꽃인가?"라는 질문을 보고는, 당신 속에 인식되어 있는 꽃을 생각하고, 더 이상 생각할 것도 없이 "당연하지."라고 대답하게 된다. 당신들 중의 어떤 이는 내가 사기꾼이라는 생각을 했을 수도 있겠다. 하지만 그런 생각도 안타깝게도 "당연하지."라는 일련의 생각 후에 나오는 생각이다.

<u>내가 그의 이름을 불러 주었을 때</u>
<u>그는 나에게로 와서 꽃이 되었다</u>

꽃에게 이름을 불러줄 때, 그는 나에게로 와서 꽃이 된다. 굳이 앞에다가 대놓고 '꽃'이라고 이름을 불러줄 필요는 없다. 내가 너를 꽃이라 하니까 그것이 나에게로 와서 꽃이 된 것이다. 그렇다면 들판에 있는 꽃들, 내가 어디에 있는지도 모를 사방에 만개한 꽃들, 그

것들은 무엇인가? 그 꽃은 말 그대로 '들판에 있는 꽃들, 내가 어디에 있는지도 모를 사방에 만개한 꽃들'이다.

당신이 꽃에게 이름을 불러줄 때, 그는 당신에게로 와서 꽃이 된다.

그렇다면, 당신이 '꽃을 불러 주는 순간'과 '아무것도 아닌 것이 당신에게로 와서 꽃이 되는 순간'은 시간적으로 어떤 차이가 있을까? 동시이다. 당신이 '꽃을 불러 주는 순간'에 '아무것도 아닌 것이 당신에게로 와서 꽃이 된다.'

당신 주변의 모든 사물들, 사람들, 개념들, 이 모든 것들이 이렇게 당신에게 존재한다. 당신이 그 존재를 인식하지 못하면, 그것들은 당신의 세상에는 존재하지 않는다.

여기서, 나의 우주에서의 공간에 관한 이야기가 시작된다.
꽃의 예처럼 당신의 우주는 당신이 인식하는 우주이다. 가운데에 태양이 있고, 그 주위를 행성들이 돌고 있는 태양계, 그 태양이 외곽에서 속해 있는 우리 은하, 그리고 그 은하가 속한 우주, 그것이 우리가 알고 있는 우주이지만, 사실 이 같은 우주는 우주를 그런 모습으로 생각하는 사람들의 우주일 뿐이다. 당신이 이름을 지어 준 당신이 우주이다. 각자 우주를 어떤 모습으로 생각하느냐에 따라 그의 우주의 모습은 달라진다. 콜럼버스의 지구는 둥글지만, 세상이 평면이라 생각하고 바다 멀리 나가면 떨어진다는 생각에 바다 멀리 나가지 못했던 그 어부에게 있어 지구는 육면체 모양의 입체도 아닌 단지 이차원적 평면일 뿐이다.

내가 생각하는 우주가 나의 우주이고, 당신이 생각하는 우주가 당신의 우주일 뿐, 이 두 우주 간에는 '모든 이의 우주는 동일하다'라는 공통되는 인식만 없다면 사실 아무런 공통점이 없다. 서로 다른 인간에 의한 서로 다른 우주이므로.

"나는 우주를 생각한다.
고로 우주가 존재한다."

나의 우주에서의 시간에 관하여

What We Think, We Become.

- 붓다

'오늘 이 일을 마치지 못하면 내일 과장한테 한 소리 듣겠는데.' 어제 당신 중 한 사람인 모기업 사원인 당신은 스트레스를 많이 받았다. 오늘까지 과장한테 지난 3분기 섹션 내 업무실적을 보고해야 하기 때문이다. 오늘 그 내용을 보고하지 못하면 그 입이 더러운 과장한테 욕을 실컷 먹게 될 것이 뻔했다. 다행히도 당신은 어제 밤새 에너지드링크를 마셔가며 일을 완성했고, 오늘 과장 앞에서의 업무실적 보고는 아무 일 없이 넘어갔다. 그런데 다음 주 월요일이 걱정이다. 부장님 앞에서 과장님과 함께 3분기 과내 업무실적을 보고해야 하기 때문이다. 오늘 아침 나의 잘 준비된, 거침없는 발표를 본 과장이 과원들 앞에서 나에 대해 아주 칭찬을 하면서, 다음 주 부서 내 업무실적 보고하는 자리에서 나보고 우리 과내 실적에 대한 프리젠테이션을 하라고 맡겼다. 인정해 주는 것은 좋은데, 역시 부담이 되는 자리이다. 혹시라도 잘못되면, 부장한테 혼나고, 과에 돌아와서는 과장에게 끌려가서 갖은소리 다 들을 것이 뻔하기 때문이다.

아무래도 이번 주말에 쉬기는 다 틀린 것 같다. 금요일 저녁에 오랜 친구들과 술 한잔하기로 했는데, 약속도 미루어야 할 것 같다. 비가 온다 해서 회를 먹는 것은 다음으로 미루려 했는데, 약속까지 미루게 될 줄이야.

과거가 현재에, 그리고 현재가 미래에 미치는 영향은 직관적이다. 어제, 작년, 그리고 다른 과거의 일들이 오늘의 하루를 결정하고, 오늘의 일이 내일, 내년, 그리고 다른 미래를 결정한다. 당신은 어제 밤을 새워가면서 일을 했기 때문에 오늘 과장에게 칭찬을 들을 수 있었고, 이번 주 일요일까지 또 열심히 한다면, 다음 주 월요일에 부장과 과장에게 또다시 칭찬을 들을지도 모를 일이다. 그렇다면, 여기서 하나의 당연한 질문. "내가 어제, 밤새워 일을 하지 않았다면 어떻게 되었을까?" 오늘 과장에게 욕을 엄청 얻어먹었을 것이다. 그런데 나는 오늘 욕을 얻어먹지 않았다. 그렇다면, 또 다른 하나의 당연한 질문. "나는 오늘 혼나지 않았는데, 내가 어제 밤새워 일하지 않을 수도 있는가?"

아니. 그럴 수 없다. 당신은 오늘 혼나지 않았고, 어젯밤을 새우지 않을 수 없다. 다른 말로 하자면, 당신은 이미 오늘 혼나지 않은 것을 알고 있다. 그래서 어제 밤새 일을 해야만 했다. 그렇다면, 난 오늘 혼나지 않는 건데, 그래서 어제도 일할 수밖에 없는 것이란 말인가? 그렇다. 당신은 오늘 혼나지 않았으니까, 그러려면 어제 밤새 에너지드링크를 마시며 일할 수밖에 없다. 그렇다면, 왜 오늘 혼나지 않았지? 어제 밤새 에너지드링크를 마시면서 일했으니까. 이미 오늘 일은 실체화가 되었다. 그래서 당신은 어제 밤새 에너지드링크를 마시면서 일한 것이다. 당신은 큰 양자 덩어리인 것이다. 오늘 혼나지 않았기 때문에, 어제 밤새 일한 것이다. (오늘이 과거형으로, 어제가 현재형으로 쓰인 것을 유념하자)

피곤한 발표를 마치고, 휴게실에서 자판기의 커피 한 잔을 마시고 있는 당신에게, 맞은편 자리의 어여쁜 김 대리가 다가와서 묻는다. 나이는 당신보다 두 살 많지만, 정말이지 그 미모는 어찌할 수 없이 아름다운 여사원이다. 가끔 인터넷을 하면서 아름다운 여배우의 사진을 한동안 뚫어지게 바라보는 당신이지만, 김 대리는 인기 여배우와 엄연히 다른 현실의, 그리고 다른 느낌의 당신의 이상형이다. 항상 몰래 훔쳐보곤 했는데 맨날 시큰둥하더니, 오늘 당신이 과장에게 칭찬받는 모습을 보고 당신에게 마음이 조금 끌린 상태의 김 대리이다. "어제 준비하시느라 힘들었겠어요. 오늘 발표 굉장하던걸요."

이 주임의 얼굴이 빨개지면서 마음이 콩닥콩닥~ 콩닥콩닥~ 하는 것은 나의 관심사가 아니다. "오늘 발표 굉장하던걸요." 김 대리가 "오늘 발표 굉장하던걸요."라고 했다.

당신이 어젯밤에 밤을 꼴딱 새우면서 일하지 않았으면, 김 대리가 그런 말을 할 수 있었을까? 김 대리가 그런 말을 하지 않았다면, "오늘 발표 굉장하던걸요."라고 말하지 않는 상황이라면, 당신은 어젯밤에 밤새 일하지 않았다는 말인가? 김 대리가 "오늘 발표 굉장하던걸요."라고 말하는 순간, 당신의 과거는 이미 정해졌다. 그 순간, 당신은 오늘 발표를 아주 잘한 것이고, 당신은 어젯밤을 새워 허벌나게 일한 것이다.

마치 세상이라는 시험 문제지의 답안지를 잠깐 훔쳐 본 느낌. 어떤 가? 이런 느낌 느껴보지 않는가? 살면서 이런 이상한 느낌 느껴 보지 않는가? 당신은 이 느낌 알지 않는가? 운명 같기도 하고 우연 같기도 한 이 이상한 느낌. 왠지 세상에서 벗어난 것 같기도 하고, 세상의 중심이 되어 버린 듯하기도 한 이 이상야릇한 느낌.

과거, 현재, 미래는 공존한다. 우리가 아는 것처럼, 과거가 현재에 영향을 주고, 현재가 미래에 영향을 준다. 하지만 우리가 잘 몰랐던, 그리고 잘 모르는 사실은 '현재가 과거를 만들고, 미래가 현재를 만든다.'라는 것이다. 그렇게 같이 존재하는 것이다. 흘러가는 것이 아니라, 그렇게 하나의 융합된 실체로써 세상에 드러나는 것이다.

나의 우주에서의 삶에 관하여

나는 왜 나인가?
나에 대한 나의 인식이 나를 만든다.

나는 내가 만든다. 다른 사람이 생각하는 나는 다른 사람이 만든다.
내가 만든 나는 다른 사람이 만든 나와 다르다.

나의 우주 속에 내가 있고, 다른 사람의 우주 속에 또 다른 내가 있다.

나의 나와 다른 사람의 나는 나와 다른 사람이 느끼고 인식하는 공
통된 나로 인해 공통된 내가 만들어지고, 공통되지 않은 나로 인해

나이지만 서로 다른 내가 존재한다.

나의 과거의 나는 현재의 내가 인식하는 과거의 나이고, 그 과거의 내가 현재의 나를 만들고, 현재의 나 또한 과거의 나를 만든다. 현재의 나는 동시에 미래의 나를 만들고, 미래의 나는 동시에 현재의 나를 만든다.

40

나의 우주에서의 운명과 우연에 관하여

이름이 없는 운명과 우연은 "나 누구게?"하면서 당신을 조롱하다가, 당신이 "너 운명이잖아."하고 이름을 지어 주는 순간 운명이 되고, "너 우연이잖아."하며 이름을 지어 주는 순간 우연이 된다.

혹자는 현자라 일컫던, 그리고 혹자는 선지자로 일컫던 그들은 알고 있었다. 자신의 이름을 묻는 그것들은 사실 이름이 없다는 사실을, 그리고 자신에게 속해진 이름없는 그것들에게 이름을 지어줄 수 있는 것은 오직 자기 자신뿐이라는 사실을.

41

그 후 몇 페이지는 빈 페이지였다. 이후 몇 페이지에는 진의 날카로운 글씨체의 글들이 적혀 있었다. 이 페이지들을 보고 난 적잖이 놀랐다. 페이지의 위아래가 뒤집혀서 글이 쓰여 있었기 때문이었다. 페이지의 순서도 반대였다. '대체 어디가 처음인 거야?' 나는 종이 두루마리를 거꾸로 들고 다시 읽기 시작했다.

'내가 잘못한 거야.'
'내가 잘못했던 거야.'
'그래. 네가 잘못한 거야.'
'아니야. 이게 왜 내 잘못이야? 내 잘못이 아니라고.'

'왜 그렇게 생각해? 네가 잘못한 거 맞잖아.'

'왜 그런지는 모르겠어. 하지만 내가 잘못한 게 아닌 것 같아.'

'정말 그렇게 생각해?'

'아니. 내가 잘못했던 것이 맞나 봐. 내가 잘못했어.'

'맞아. 네가 잘못한 거야.'

'그렇지 않아. 나는 잘못하지 않았는데.'

42

그리고 다음 장에는(다시 읽기 시작한 순서로) 다음의 글들이 있었다.

'이젠 그만할래.'
'이젠 선 그리는 것은 그만할래.'
'나 말고 다른 것들은 다 시커멓게 칠해 버릴 거야.'

진은 수학은 잘했지만, 그림은 잘 그리지 못했다.
진은 미술 선생님에게 자주 혼이 났다.
"도대체 얼마나 얘기를 해야 알아듣겠니? 그림 그릴 때 네 주위에 이 시꺼먼 선 좀 그리지 말란 말이야. 왜 자꾸 이 까만 선을 그리는 거니? 세상을 봐봐. 너와 세상 사이에 대체 무슨 이런 선들이 보인다는 거야?"

그럴 때마다 진은 선생님의 눈을 바라보지 못한 채, 고개를 오른쪽으로 고개를 심하게 까딱까딱 거리며 대답했다.

"더… 더… 더에겐 보… 보… 보여요."

그리고, 다음의 글들이 이어졌다.

우연과 운명은 하나인 거야.

그런데 사람들이 물으면 어떡하지?
우연과 운명이 왜 하나인지 물으면 어떡하지?
뭐라고 둘러대지?

어떤 사람들도 관심도 없고, 잘 알려 하지 않는 게 좋겠어. 그리고 알고 싶어도 알 수 없는 게 좋겠어.
이랬다저랬다 결론도 안 날 만한 것이 좋겠어.
그리고 내가 마치 논리적으로 진실 되게 말하는 것처럼 사람들이 느끼면 좋겠어. (말하면서 눈을 깜짝깜짝거려서는 안 돼)

뭐가 좋을까?

그래. 이게 좋겠어.

'슈레딩거의 고양이'

43

다음에는 앞의 괴물 이야기처럼 다소 황당한 동화 같은 이야기가 등장했다.

자신에게 거짓말을 하면 할수록 피노키오의 다리는 점점 짧아졌답니다.

그리고 마침내 움직일 수 없게 되었어요.

그렇게 움직일 수 없던 피노키오는 이제는 집 밖으로 나갈 수가 없었답니다.

피노키오는 친구들이 너무 보고 싶었지만, 아무도 피노키오의 집에 놀러 오지 않았어요.

친구들은 다리가 짧아진 피노키오와 재미있게 놀 수가 없었거든요.

그러던 어느 날, 너무도 힘들고 지친 피노키오는 자신이 아닌 친구들에게 거짓말을 하기 시작했어요.

그러자 짧아졌던 다리가 다시 점점 길어졌답니다.

피노키오는 너무 좋았지요.

이제 피노키오는 다시 집 밖으로 나갈 수가 있었어요.

하지만 친구들에게 거짓말을 하고 나서는, 코가 점점 길어지기 시작했어요.

쭉쭉~ 쭉쭉~.

이제 너무 길어진 코 때문에 피노키오가 할 수 있는 것이라고는 집 뒤 풀밭에 있는 '둥글납작' 바위에 누워 있는 것뿐이었어요.

쭉쭉~ 쭉쭉~.

코는 점점 길어져서 하늘의 끝에 닿았어요.

파란 요정이 물었어요.

"선물이 마음에 드니?"

"네. 너무 좋아요. 제가 원했던 선물이에요."

꿈을 꾸는 피노키오의 입가에 미소가 그려졌어요.

그러고는, 피노키오는 계속해서 꿈을 꾸었답니다.

읽기를 마친 나는 종이 두루마리를 내려놓았다. 이해하지 못할 글이었다.

예전의 진의 글은 재미가 없기는 했지만, 그래도 이해를 할 수는 있었다.

이때 두루마리 뭉치의 뒤편에서 몇 장의 찢어진 종잇장들이 떨어졌다.

여기저기 꾸깃꾸깃해져 있는 종이들이었다. 종이 색깔이 다른 종이들보다 좀 더 바래져 있는 것이 종이 두루마리의 다른 글들보다 오래전에 쓰인 듯했다.

삼발이는 흰둥이의 자식으로 태어났다. 하지만 태어날 적부터 앞발이 하나 없었던 이 강아지는 아무도 데려가려 하지 않았고, 그 덕에 삼발이는 나의 친구가 되었다.

발은 세 개였지만, 동네 어느 강아지보다도 빠르고 똘망똘망한 강아지, 삼발이.

어느 비 오는 날, 삼발이는 젖은 마당에 온몸이 피와 물로 범벅이 되어 그렇게 누워 있었다. 삼발이는 두 눈을 감지 못했다. 한쪽 눈알이 물어 뜯겨 반쪽만 남아 있었다. 빗물에 섞인 피가 하얀 삼발이의 눈알을 타고 흘러내렸다. 하지만 나의 눈에는 정확히 카오스 이론을 따르며 나뭇잎의 결 모양을 하고 흘러내리는 핏물이 보일 뿐이었다. 나의 눈을 타고 흘러내리는 것은 눈물이 아닌 빗물이었다.

"상대방이 나를 싫어한다면, 그에게 다가서는 것은 죄가 되는 건가요? 상대방이 내가 그의 '너'가 되기를 바라지 않는다면, 내가 그를 '너'라고 생각하면 안 되는 건가요?"

연기로 가득 찬 바 안에서 나는 술에 취해서 말도 안 되는 질문을 바텐더에게 하고 있었다. 관심사라고는 온통 바 앞에 앉아 있던 여자 손님의 가슴골 사이로 팝콘을 던져 넣는 것이 전부였던 그 바텐더에게. 여자 손님도 그 놀이가 재미있는지, 자신의 가슴 사이로 팝콘이 들어갈 때마다 손으로 입을 가리며 걀걀거리며 웃어댔다. 무스를 머리에 한껏 바른, 홀쭉한 볼의 중년 남자 손님은 오른쪽에 앉은 가슴 큰 여자 손님에게는 전혀 관심이 없는지, 왼쪽에 앉은 나에게 삼십 분 전부터 자기 집에 가서 한잔 더하자고 설득을 하고 있는 중이었다. 나의 오른쪽 허벅지 위에 올려진 남자의 손은 따스했지만, 그 떨리는 느낌은 마음에 들지 않았다.

모든 것을 이해할 수 있었다.

그녀가 예쁘고 사랑스럽다는 것을. 그리고 그녀가 XY 성염색체를 가진 안드로겐 무반응 증후군이라는 것도.

느낄 수는 없었지만, 이해할 수는 있었다.

그렇기에 나는 그녀를 위해 나의 인생을 저버렸다.

하고 싶었던 것들을 포기했으며, 이루고 싶었던 꿈들을 포기했다.

그녀의 말 한마디 한마디가 나의 삶을 이곳에서 저곳으로 쉴새 없이 점프시켰다. 그러다가 결국 다른 사람의 아픔과 고통으로 물든 이곳에서 평생을 머물게 되었다.

"이제 제 옆에 있지 않아 줬으면 해요."

하지만 그 오랜 시간 동안 마음에 두어 왔던 그 사람은 그렇게 말했다.

그 오랜 시간 동안, 십여 년의 그 오랜 시간 동안, 쉼 없이 그녀의 옆에 서 있었던 나에게 그녀는 그렇게 말했다. 그녀의 옆에 있기 위해 평생을 다른 사람의 아픔과 고통으로 물든 곳에서 머물게 된 나에게 그녀는 그렇게 말했다.

모든 것을 이해할 수 있다. 그리고 받아들일 수 있다. 나는 그녀를 느낀 적이 없었으니까.

하지만 받아들일 수 없는 그리고 이해할 수 없는 것이 하나 있다.

"상대방이 내가 그의 '너'가 되기를 바라지 않는다면, 내가 그를 '너' 라고 생각하면 안 되는 것일까?"

그 큰 텅 빈 방 안 저 구석에 아버지는 힘겹게 앉아 계셨다.

아버지는 온몸에 관을 꽂은 채로, 고개를 숙인 채, 힘겨운 마지막 숨을 몰아쉬고 계셨다.

그러고는 아버지의 눈가에 눈물이 흘러내렸다.

아버지는 그렇게 떠나가셨다.

그녀와 바꾼 인생은 아무짝에도 쓸모없는 것이었다.

"이건 너무 불공평한 거 아냐?"

45.

"여기까지입니다."

나는 이야기를 마치며, 주위를 둘러보았다. 심사위원들 중 두 명은 졸고 있었고, 한 명은 코웃음을 쳤으며, 나머지 네 명은 뒤통수를 망치로 얻어맞은 듯한 표정을 지으며 나를 쳐다보고 있었다.

사트안이 말했다.

"다 번즈. 잘 들었습니다. 그런데 이야기가 길어져서 그렇습니다만, 혹시 이 이야기의 주제가 무엇인가요? 좀 간략하게 말씀해 주시겠습니까?"

나는 사트안을 쳐다보며 물었다.

"네?"

심사위원 중 한 명이 말했다.

"주제가 없는 것이 주제라잖아요. 크큭."

내가 이야기를 하던 중 비아냥거렸던 그 심사위원이었다.

사트안이 그 심사위원에게 조용히 하라는 눈빛을 보내고, 나를 다시 바라보면서 말했다.

"이야기가 좀 많이 길어서 말입니다. 좀 간략하게 이 이야기의 의미를 말씀해 주시면 감사하겠습니다."

내가 말했다.

"네?"

잠시 생각 후 나는 말을 이었다.

"사실 저도 잘 모르겠습니다."

그리고 덧붙여 말했다.

"진이 워낙 엉뚱한 구석이 많아서요."

여기저기서 웃음 참는 소리가 들렸다.

사트안이 말했다.

"아, 네. 알겠습니다."

사트안은 이어 말했다.

"그럼, 다 키렌. 마지막 변론 부탁드립니다."

키렌은 일어서더니,

"저는 더 이상 변론할 내용이 없습니다."

라고 짧게 말하고 다시 자리에 앉았다.

나는 궁금했다.

'원래 변론할 게 없었던 것일까? 아니면 더 이상의 변론이 필요 없었던 것일까?'

이후 위원장 사트안이 말했다.

"이것으로 '지구 vs. 키레네. 당신의 선택은?' 안건의 변론을 마치겠습니다."

사트안은 이어 말했다.

"내일 심사위원의 투표 후 평결이 있겠습니다. 이상입니다."

그러고는 자료를 챙기더니 앞문으로 나가 버렸다.

심사위원들도 자료를 챙겨 나갔고, 키렌도 자리를 떠났다.

이래서, 지구는 좆 된 것이다.

나는 모두 떠난 회의실을 둘러보았다. 나도 상당히 큰 몸집이었다. 하지만 위원장 사트안과 심사위원들은 나보다 훨씬 컸고, 키렌은 이들보다도 훨씬 컸다. 그러나 회의실은 이들에 비해서도 훨씬 컸다. 행성 대표들의 자리(* 변론인석)와 위원장 자리 사이의 공간보다 세 배 이상 크기의 공간이 심사위원들의 자리 뒤쪽으로 있었다. 너무나 큰 그 회의실의 규모에 나는 위압감이 느껴졌다.

나는 고개를 들어 회의실의 천장을 바라보았다. 돔 형태의 천장에는 수많은 우주인들이 서로 웃으며 이야기하고 놀고 있는 모습이 그려져 있었다. 거기에 지구인은 없었다.

나는 고개를 숙였다.

"오. 신이시여!"

잠시 후 나는 방으로 가기로 했다.

회의실 뒷문을 빠져나온 나는 왼쪽 복도 모서리에서 이야기를 나누고 있는 키레네 행성의 대표 키렌과 위원장 사트안을 보았다. 사트안의 말에 키렌은 입을 가리고 웃으며, 정말 웃긴 얘기라는 듯이 한 손으로 사트안의 오른쪽 어깨를 살짝 건드렸다. 그러자 사트안이 큰 소리로 웃었다. 오른쪽 복도 난간에는 심사위원들 셋과 나머지 넷이 모여서 이야기를 나누고 있었다.

나는 앞을 보며 계속 복도를 걸어갔다. 빨리 방으로 가고 싶었다. 잠을 자야 할 것 같았다. 꿈을 꾸지 않는 깊은 잠을.

46

다음 날 아침의 평결도 위원장 사트안에 의해 시작되었다.

"자. 이제 키레네 행성의 대표 다 키렌에 의해 회부된 '지구 vs. 키레네. 당신의 선택은?'의 평결을 시작하겠습니다. 먼저 심사위원 7명의 투표가 있겠고, 이에 따라 평결을 하겠습니다. 평결 결과에 따라 오늘 자정, 지구 행성 또는 키레네 행성 중 하나는 차임 방식의 행정 처분을 받게 됩니다. 관례에 따라 행성 유지법 낭독을 하겠습니다. 행성 유지법 제1조. '당신과 당신 행성의 가능한 모든 행복을 존중합니다.' 제2조. '다른 생명체와 그 행성의 행복을 존중하지 않는 당신과 당신 행성의 가능한 모든 행복을 존중하지 않습니다.' 제3조. '당신과 당신 행성의 가능한 일부 행복을 존중합니다.' 제4조. '다른 생명체와 그 행성의 행복을 존중하지 않는 당신과 당신 행성의 가능한 일부 행복을 존중하지 않습니다.' …:"

행성 유지법의 조항은 117개나 되었고, 사트안은 이 모든 항목을 쉼 없이 읽어내려갔다. 지루함을 느껴서는 안 될 나였지만, 사트안의 빠른 말투가 고맙다는 생각이 들었다.

"제117조. '존재하지 않는 당신 또는 당신 행성의 가능하지 않은 일부 행복을 존중하지 않습니다.' 자 그럼 투표 시작하겠습니다. 질문 있으신가요?"

회의장은 조용했다.

내가 손을 들었다. 회의실 안의 모든 참석자가 나를 쳐다보았다.

사트안이 말했다.

"다 번즈. 더 이상의 변론은 허용되지 않습니다."

나는 꿋꿋이 말했다.

"변론이 아니라 개인적인 질문입니다만."

사트안이 말했다.

"그래요? 그럼 말씀하시죠."

내가 물었다.

"그런데 제가 지구 행성의 대표가 된 이유가 뭡니까?"

사트안이 다소 놀라는 표정을 지으며 물었다.

"네?"

내가 말했다.

"지구에는 지구인이 있지 않습니까? 저는 그냥 돌이라고 요. 그리고 생긴 지 오래된 순으로 쳐도 나보다 오래된 것들 이 지구에는 수두룩하다고요."

사트안은 이해할 수 없다는 표정과 당연하다는 표정을 함 께 지으며 말했다.

"그건 마블이 당신에게 갔기 때문이죠. 위원회에서 지구 대표에게 마블을 보냈고, 당신이 마블을 받아 여기 온 것 아닌가요?"

"네?"

내가 다시 물었다.

"그렇다면 마블이 왜 제게 온 건가요?"

사트안이 말했다.

"그걸 낸들 알겠습니까? 당신이 지구의 대표이니까 당신에 게 갔겠죠."

심사위원들은 코웃음을 치기도 하고, 양손을 들어 올리 며 어이없다는 제스처를 하기도 했다. 어떤 심사위원은 손 가락으로는 나를 가리키며 옆자리의 다른 심사위원에게 무어라 말을 하였다. 마치 '저 돌팍 좀 보게나.'하는 소리가 들리는 것 같았다. 심지어는 키렌도 나를 보며, 미간에 힘을 주며 고개를 까딱거렸다. 마치 '제발 그만 좀 해요.'라고 말하는 것 같았다.

사트안이 이어 말했다.

"자 그럼, 투표를 시작하겠습니다."

투표는 생각보다 빨리 진행되었다.

투표가 진행되는 동안, 그리고 투표가 끝난 후에도 사트안은 데이터 돌판을 바라보며, 손가락으로 책상을 두드렸다.

손가락으로 책상을 두드리기를 멈춘 후 사트안은 평결을 발표하였다.

"평결. 행성 유지법 제1조. '당신과 당신 행성의 가능한 모든 행복을 존중합니다.'의 해당 사항을 키레네 행성에 적용, 행성 유지법 제67조. '다른 생명체와 그 행성의 행복을 존중하지 않을 가능성이 있는 당신과 당신 행성의 가능한 일부 행복을 존중하지 않습니다.'의 해당 사항을 지구 행성에 적용, 지구 행성에 차임 방식의 행정 처분을…."

이때였다.

회의실 앞문을 열어젖히며, 키맨이 헐레벌떡 뛰어 들어왔다. "잠시만요!"라는 외침과 함께. 키맨은 허리를 약간 굽히고, 숨을 고르려 했다. 회의장의 모든 참석자들은 눈이 휘둥그레져서, 키맨을 바라보았다.

사트안이 키맨에게 소리쳤다.

"키맨. 뭐 하는 건가? 지금은 평결 중이라고."

키맨이 헐떡거리며 말했다.

"아주 중요한 일입니다. 꼭 말씀드려야 해서요."

사트안이 소리쳤다.

"뭐가 그리 급하다는 거야? 행성 유지위원회의 평결보다 중요한 게 세상에 어디 있다고! 두 행성의 운명을 결정짓는 순간이라고! 나가게!"

키맨이 한 손을 들고, 외쳤다.

"안 됩니다. 잠깐이면 됩니다. 정말 아주 잠깐이면 됩니다."

회의장이 술렁거렸다.

위원장 사트안은 심사위원들을 바라보았다.

심사위원들은 서로 눈을 맞춘 후, 위원장 사트안에게 눈을 깜박이며 고개를 살짝 끄덕였다.

사트안이 말했다.

"그래. 그럼 잠시만일세. 아주 잠시."

사트안은 키맨에게 빨리 오라고 손짓했다.

키맨은 위원장석으로 발걸음을 재촉하며 생각했다.

'마지. 그래도 난 너를 사랑해.'

키맨은 위원장과 작은 목소리로 대화를 나눴다. 처음에 위원장은 키맨의 이야기를 듣고는 의미를 알 수 없는 미소를 띠었다. 그런데 표정이 점점 굳어졌고, 조금 지나서는 얼굴이 붉으락푸르락해지더니, 입을 벌린 채로 심사위원들을 바라보며 당혹스러운 표정을 지었다. 그리고 잠시 후 사트안은 회의장을 한번 둘러보더니 힘없이 고개를 숙였다.

이야기를 마친 사트안은 고개를 숙인 채로, 키맨에게 말하고는 나가라고 손짓했다. 심사위원들과 키렌과 나는 위원장 사트안만 바라보고 있었다. 키맨이 회의장을 빠져나간 뒤 한참 동안 사트안은 또다시 손가락으로 책상을 두드렸다. 그리고 결심을 한 듯 중얼거렸다.

'아니야. 그럴 리가 없어. 아니야. 이건 말이 안 돼.'

사트안은 고개를 절레절레 흔들었다. 그리고 데이터 돌판의 평결문을 다시 바라보았다.

사트안은 평소보다 다소 느려진 속도로 말했다.

"다시 하겠습니다. 평결. 행성 유지법 제1조. '당신과 당신 행성의 가능한 모든 행복을 존중합니다.'의 해당 사항을 키레네 행성에 적용, 행성 유지법 제67조. '다른 생명체와 그 행성의 행복을 존중하지 않을 가능성이 있는 당신과 당신 행성의 가능한 일부 행복을 존중하지 않습니다.'의 해당 사항을 지구 행성에 적용, 지구 행성에 차임방식의 행정 처분을 내린…"

  꿍음이 들린 것은 그때였다.

47

"쿠우웅."

갑자기 거대한 굉음과 함께 회의실이 흔들거렸다. 놀란 심사위원들과 키렌, 그리고 나는 소리가 나는 곳인 천장 쪽을 바라보았다.

돔이 열리고 있었다. 위원장 사트안은 천장을 쳐다보지 않고, 양팔을 책상 위에 올린 채 부들거리고 있었다. 돔이 점점 더 열렸다. 푸른 기운을 띤 흰 바탕 안에 큰 갈색의 원이 보였고, 그 안에는 또 다른 검은 원을 한 형상이 보였다. 돔이 더욱 열렸고, 나는 그것이 흰자위 안의 홍채와 눈동자임을 알 수 있었다.

조금 지나서 눈 전체가 다 보였는데, 그 거대한 눈알은 회의장 여기저기를 살펴보았다. 마치 눈알 굴리는 소리가 들리는 듯했다.

돔이 다 열리고, 눈알은 점점 멀어졌는데, 그제야 그 거대한 것의 얼굴이 보였다. 나는 놀랐다. (* 이럴 때에는 부사가 필요하다) 나는 정말이지 깜짝 놀랐다.

그것은 진의 얼굴이었다.

48

진은 예전 소년이었을 때처럼 환하게 웃고 있었다.

잠시 후, 낮은 톤의 거대한 소리가 들렸다.

"안녕! 행성 유지위원회 친구들."

진은 손을 들어 인사했다.

그리고 진은 위원장 사트안을 쳐다보며 말했다.

"어이. 사트안. 고개 좀 들어봐."

그제야 사트안은 힘없이 고개를 들어 천장 쪽을 바라보

았다.

"안녕. 사트안."

진이 손을 살짝 흔들며 인사했다.

사트안은 손을 들어 인사하는 척을 하고는 다시 고개를 숙였다.

진이 심사위원들을 돌아보며 인사했다.

"안녕. 심사위원들."

심사위원들은 한결같이 입을 쩍 하니 벌린 채로 진을 바라보고 있었다.

"미안해. 이름을 못 지어 줘서. 너무 많아서 말이지."

그러고는 진은 키렌을 바라보았다.

"안녕. 키렌. 내가 진이야."

"네. 안녕하세요."

키렌은 손을 드는 척을 하며, 얼굴은 앞을 바라보지만, 눈동자를 위로 한 채 낮은 목소리로 인사했다. 마지못해 하는 인사 같기도 했고, 거대한 진의 모습에 겁을 먹은 것 같기도 했다. 그때, 키렌의 모습은 마치 장난감 가게의 파란 수정 조각처럼 보였다. 안에 주황색 백열등을 켜 놓은 파란 수정 조각 말이다.

이번에 진은 나를 바라보며, 눈을 찡긋하며 인사했다.

"안녕, 번즈. 오랜만이야."

그러고는 미소 지었다.

나는 손을 들어 진을 바라보며 인사했다.

"안녕, 진."

그때 또 다른 거대한 소리가 들렸다. 소리는 진보다는 작지만, 약간 더 높은 톤의 거대한 소리였다.

"아빠. 빨리 와."

또 다른 거대한 목소리도 들렸다. 이번에는 아주 큰 소리의 아주 높은 톤의 소리였다.

"뭐해. 빨리 와. 그 팔리지도 않는 책은 왜 쓴다고 난리야?"

진의 거대한 얼굴은 잠시 옆을 쳐다보더니,

"아… 아… 아다떠. 그… 그… 금방 가께."

하고 말하고는 다시 회의실을 쳐다보았다.

진의 거대한 얼굴은 잠시 말없이 회의실 여기저기를 둘러보다가 아쉽다는 듯한 표정을 하고는 입을 열었다.

"모든 분들께 죄송해요."

진은 이어 말했다.

"가족들이랑 그랜드캐니언에 놀러 가야 해서요."

진은 계속 말했다.

"여기서 멈춰야겠어요."

그러더니 진은 "그럼. 안녕."이라고 말하고는 가버렸다.

사트안은 모든 참석자들이 나간 후에도 책상에 양손을 올린 채로 회의실에 남아 있었다.

사트안은 그동안의 삶에 대하여 절망하고 분노했다. 하지만 그를 더욱 절망스럽고 분노하게 하는 것은 '자신이 모두가 떠난 회의실에 홀로 남아 절망하고 분노하는 모습을 보여 주어야 할 것 같은' 그런 느낌이었다.

49

　진이 나를 찾아온 것은 그로부터 3개월 후였다.

　풀밭에는 풀들이 무성하고, 여기저기 꽃들이 흐드러지게
피어 있는 그런 좋은 날이었다. 여느 때처럼 햇살은 눈꺼풀
을 약간 감게 할 만큼 적당히 따스했고, 바람은 고개를 약
간 갸우뚱하게 할 만큼 적당히 불어왔다. 노랑 모자를 쓴
누산 마을의 아이들이 '꺄르르' 하고 웃어대며 여기저기 풀
밭을 뛰어다녔다. 아이들은 마치 자신의 발자국으로 온 풀
밭을 다 밟아보려는 듯했다. 어떤 아이는 넘어져서 생채기
가 났는지, 빨갛게 변해 핏망울이 생긴 볼을 하고는 울면서
저 멀리에서 앉아 다른 아이의 엄마와 얘기를 나누고 있던
엄마에게 달려가더니 품에 안겼다. 그리고 아이의 엄마도

양팔을 벌려 아이를 감싸 주면서, 아이를 달래 주고 있었다. 아이는 울음을 그치고, 손가락으로 자신의 볼을 가리키며 훌쩍훌쩍 댔다.

진은 내 위에 누워 입에는 풀잎을 문 채로 하늘을 바라보며, 'Don't stop me now'를 흥얼거리고 있었다.

내가 먼저 입을 열었다.

"그런데 진."

진이 말했다.

"응? 왜?"

내가 물었다.

"그런데 그 생뚱맞은 괴물 이야기는 뭐야?"

진은 햇빛에 눈이 부신지 한쪽 눈을 약간 찡긋하며 말했다.

"내가 쓰는 언어가 다른 사람들이 쓰는 언어와 다른 것 같아서."

그리고 이어 말했다.

"그리고 괴물 이야기는 다들 좋아하잖아."

잠시 후 내가 물었다.

"그래, 알았어. 그렇다 치자고. 그런데 말이야. 마지막에 나쁜 괴물이 착한 괴물을 잡아먹는 것은 왜 그런 거야? 처음에는 나쁜 괴물이 착한 괴물을 잡아먹지 않았잖아."

진이 여전히 한쪽 눈을 찡그린 채 말했다.

"어울리는 이름이라는 게 처음부터 찾을 수 있는 것은 아니잖아."

우리는 한동안 말이 없었다.

역시 내가 먼저 입을 열었다.

"그런데 진, 하나 더 물어봐도 돼?"

진이 말했다.

"그럼."

내가 물었다.

"그런데 말이야. 왜 내가 지구 대표인 거야?"

진이 되물었다.

"응?"

내가 다시 물었다.

"내가 지구 대표인 이유가 뭐냐고?"

진이 대수롭지 않다는 듯이 말했다.

"아 그거. 네가 이 책의 주인공이잖아.

이 책 제목도 네 이름인걸."

"'번즈'"

그는 나의 이름을 불러 주었다.

그러고는 진은 'Don't stop me now'를 더 큰 소리로 흥얼거리기 시작했다. 그제야 나는 진이 흥얼거리고 있는 'Don't stop me now'가 퀸(Queen)이 부른 원곡이 아닌 폭스(Foxes)의 리메이크 버전이라는 것을 알 수 있었다.

에필로그 I: 사트안의 회상

어린 사트안은 썬블럭 고글을 벗으면서 중얼거렸다.

"이제 푸팅이 끝났나 보네."

푸팅은 아주 잠시 동안이었지만, 푸팅이 진행되는 동안 외부에서 들어오는 빛의 양이 워낙 많기 때문에 행성의 지도자들은 푸팅에 앞서 모든 행성인들에게 썬블럭 고글을 지급하고, 푸팅 동안 절대 고글을 벗지 말라고 당부하였다.

푸팅이 임박했음을 알리는 사이렌이 울리자, 아버지는 사트안에게 고글을 씌워 주면서 말했다.

"사트안, 우리는 이제 새로운 세상으로 가는 거란다. 어때? 너무 신나겠지?"

고글을 썼지만, 푸팅이 일어나는 동안 고글을 통해 비친 세상은 낮과 같이 밝게 빛났다. 어린 사트안은 아버지의 손을 꼭 움켜쥐었다. 아버지의 손에는 땀이 흥건했다. 잠시 후 고글 밖의 세상은 다시 칠흙 같은 어둠으로 변했다. 그리고, 다시 푸팅이 끝났음을 알리는 사이렌 소리가 들려왔다.

사트안이 바라본 새로운 세상은 이전과 변한 것이 없었다. 황금색으로 빛나는 지상 도시의 건물들과 하늘을 덮고 있는 공중 도시의 건물들 모두 변함이 없었고, 착륙했던 은색 우주선들이 다시 바삐 움직이기 시작했다. 사트안에게 푸팅 이후의 삶은 이전과 다를 게 없었다.

그리고 그날이 찾아왔다. 레이드인과 히포인이 찾아와 그리드인들에게 "당신은 지나치게 미개하지만, 우리는 당신들을 존중합니다."라는 메시지를 남긴 것이다. (* 많은 직원들이 사트안을 코트인일 거라 농담을 하지만 사실 그는 그리드인이었다) 기괴한 모습의 외계인이었지만, 사트안은 한눈에 알아볼 수 있었다. 그 외계인의 모습이 얼마 전 우주박물관에서 보았던, 이웃 행성에 산다는 조그만 바퀴벌레와 해마와 닮아있다는 것을 말이다.

아버지와 어머니는 참담한 표정으로 눈물을 흘리며 텔레그램을 바라보았다. 외계인에 대한 내용이 끝난 후에도, 아버지와 어머니는 조금의 미동도 없이 퀭한 눈을 하고서는 텔레그램을 바라보았다.

그리고, 이튿날 아침 잊을 수 없는 그 일이 일어났다. 잠자리에서 일어난 사트안은 이상한 느낌이 들었다. 사트안은 잠이 많았기 때문에 보통 어머니와 한바탕 소동을 벌인 후에야 침대에서 끌려나왔다. 하지만 그날 사트안은 늦게까지 잤고, 혼자 스스로 일어났다. 사트안은 부모님을 찾아 집안 여기저기를 돌아다녀 보았지만, 부모님은 보이지 않았다. '혹시 밖에 나가신 것은 아닐까?' 하며, 부모님이 자주 찾는 장소를 찾아다녀 보았지만, 마주친 것은 자신처럼 부모님을 찾고 있는 아이들뿐이었다.

그랬다. 행성의 모든 어른들이 사라진 것이었다. 자신들이 저지른

이 바보 같은 짓에 대한 죄책감 때문이었을까? 행성의 모든 어른들은 그날 아침 아무런 자취도 남기지 않은 채 사라져 버렸다.

처음에는 어떤 아이도 부모님들이 사라졌다는 것을 믿지 않았지만, 얼마 간의 시간이 지나자 아이들은 깨닫기 시작하였다. 이유야 무엇이든 행성의 모든 어른들은 떠났으며, 그들이 다시 돌아오지 않으리라는 것을 말이다.

그리고 아이들은 모여서 아이들만으로 이루어진 새로운 행성 시스템을 만들었다. 시간이 꽤 걸리기는 했지만, 아이들이 만들어 낸 시스템은 이전 그리드 행성의 시스템과 크게 다를 것이 없었다. 다행히도 그들의 문명은 이미 거의 대부분이 자동화되어 있었기 때문에 비교적 수월하게 새로운 시스템을 만들 수 있었다. 어떤 아이들은 공무원이 되었고, 어떤 아이들은 과학자가 되었으며, 어떤 아이들은 연예인이 되었다.

레이드인과 히포인이 그리드를 방문한 지 180년 후, 250살이 된 젊은 사트안은 '셀베이션'이라 불리는 행성 정부 산하의 비밀 연구소에서 일을 하고 있었다. 이 연구소의 정중앙에는 찬란하고 아름다운 문명을 만들어 낸 그리드인을 하루 아침에 '탐욕과 어리석음'의 대명사로 만들어 내는 데 큰 공을 세운 '미래로'라는 이름의 푸팅 장치가 자리하고 있었다. 사트안은 출근할 때 이 기계 장치를 올려보며 생각하곤 했다. '우리가 바보일지는 몰라도 탐욕스러운 것은 아니었는데.'

행성인들은 가급적 푸팅에 대한 얘기하는 것을 꺼렸다. 가슴 아픈 과거, 그리고 그런 과거를 만들어 낸 자신들에 대해 얘기한다는 것은 너무나도 자존심이 상하는 일이었다. 그렇기에 그리드 행성의 정부는 육지와 연결된 것이라고는 다리 하나밖에 없는 이곳 샤인트 섬 안에 셀베이션이라는 비밀 연구소를 세웠다. 이 셀베이션은 밖에서 보았을 때 셀베이션이 보이지 않도록 홀로그램화 처리된 반구로 뒤덮여 있었고, 외부의 어떤 운송 수단도 다리를 통하지 않고서는 섬 안으로 진입할 수 없었다.

이 연구소에서 비밀리에 하고 있는 연구는 '저킹', 즉 과거로 시간을 돌려놓는 것에 대한 것이었다. 과거로 시간을 돌릴 수 있다면, 더 이상 그리드인은 이 우주의 조롱거리가 되지 않을 것이다. 그리고, 그들은 다시 부모님들을 만날 수 있을 것이다. 또한, 과거로 시간을 되돌릴 수 있다는 것은 조롱거리가 될 수 있다는 부담 없이 미래로 갈 수도 있다는 것을 의미했고, 이러한 능력은 그들 그리드인을 시간의 주인으로 만들어 줄 것이고, 또한 그리드인을 우주에서 가장 강력한 존재로 만들어 줄 것이다. 이 저킹 기술은 이론적으로 불가능한 것으로 알려졌고, 우주 역사상 실현되었다고 알려진 바가 없었다. 연구소가 설립되고 지난 십여 년의 시간 동안 연구는 답보 상태에 있었고, 연구소 안에서도 저킹 기술의 개발은 역시 불가능하다는 부정적 인식이 팽배해 있었다. 하지만 최근에 우연히 빛보다 빠른 물질인 '타키온'을 사트안이 발견하면서, 저킹 기술에 대한 연구는 큰 진척을 이루었고, 저킹과 푸팅이 모두 가능한 '맘대로'라는 이름의 타임머신을 만들어 냈다. 그리고, 타키온을 발견해 낸 사트안에게 타임머신의 첫 탑승자라는 명예가 주어졌다. 그리고, 맘대로의 첫 시험은 그리드의 푸팅 전 마지막 날로부터 1쿠인이 지난 '슬픔의 날'이라는 행성의 국조일의 하루 전날로 정해졌다.

맘대로에 오른 사트안은 먼저 1쿠인을 되돌려 푸팅이 이루어지기 직전의 시간으로 향했다. 자신에게 썬블럭 고글을 씌워 주고 있는 아버지와 그 옆에 서서 사랑스러운 눈빛으로 어린 사트안을 바라보는 어머니를 멀리서 바라보았다. 사트안의 눈에 감격과 아쉬움의 눈물이 흘렀다. 사트안은 수십 번을 과거로 돌아가기를 반복하면서, 아버지와 어머니와 어머니를 바라보았다.

이후 사트안은 프라이란 6테라, 프라이란 3테라, 프라이란 1테라를 거쳐, 그동안 알려진 바가 없던 브리츠 45테라, 브리츠 17테라, 픽스마 136테라, 픽스마 25테라, 니안 3243테라, 니안 17테라를 거쳐, 우주의 시작을 보았다. 어둠에서 먼지가 생기고, 먼지에서 태양과 행성이, 그리고 행성들에 생명체가 태동하고, 생명체들이 우주선을 만들어 여행을 시작하는 모습이 눈에 들어왔다.

우주의 처음을 바라본 사트안은 미래로 향했다.

프라이란 8테라, 프라이란 12테라, 날룬 3테라, 날룬 5테라, 날룬 12테라, 오르세 3테라, 그리고 오르세 7테라. 오르세 7테라에 도착한 사트안은 공허로 채워진 우주를 바라보았다. 태양도 행성도, 그리고 우주를 날아다니는 소행성 조각 하나조차도 남은 것이 없었다. 온 우주에는 어둠만 있을 뿐 빛이라고는 찾아볼 수 없었다. 우주에는 이미 죽음이 찾아온 듯했다. 사트안은 우주 종말의 순간을 두 눈으로 직접 확인하고 싶었다. 오르세 4테라. 우주는 셀 수 없이 많은 태양과 행성, 그리고 쉴새 없이 움직이는 생명체들로 넘쳐났다. 그리고, 오르세 6테라. 이미 우주는 끝장난 뒤였다. 오르세 5테라 시작. 아직 우주는 살아 있다. 오르세 5테라 마지막. 역시 우주는 이미 끝이 나 있다. 사트안은 시간의 간격을 줄여가면서, 우주 종말의 순간을 쫓았다. 오르세 5테라 876피나. 아직 살아있음. 오르세 5테라 877피나. 이미 죽음. 오르세 5테라 876피나 53쿠인. 아직도 살아있음. 오르세 5테라 876피나 54쿠인. 벌써 죽음. 하지만 거기까지였다. 타임머신의 시간 최소 단위는 쿠인이었다. 아무래도 석연치 않았다. 이 거대하고 시끄럽던 우주가 단 1쿠인 만에 아무런 흔적도 없이 사라져 버리다니. 사트안이 지켜본 우주의 시작은 아주 긴 시간에 걸쳐 이루어졌다. 프라이란의 모든 테라를 합한 시간보다도 더 걸리는 시간 동안 우주는 태어났다. 그런데 그런 우주가 이렇게 갑자기 생명력을 잃어버린 것이다. 이것은 자연스럽지 못했다.

'정말 아무것도 남은 것이 없는 것일까?'

사트안은 참을 수 없는 의구심에 이미 끝장나 버린 우주의 이곳저곳을 탐험하기로 마음먹고, 타임머신의 공간 속도를 최대로 하였다. (* 타임머신은 우주선의 템플릿에 타임머신 기능을 추가한 것이기 때문에 공간 이동은 타임머신의 기본적인 기능이었다) 그러던 중 어느 날 죽은 우주가 공허의 어둠으로만 채워진 게 아니란 사실을 알게 되었다. 방향을 알 수는 없지만, 한쪽 방향으로 계속 향하던 사트안은 30일 동안 23회의 공간 점프를 하고 나자, 저 멀리에서 어둠이 끝나고 빛이 시작되는 것을 보았다. 그리고, 7개월 2주 동안의 점프가 지나자 이 빛의 우주가 끝나고, 다시 어둠의 우주가 시작되었다. 어둠으로 채워진 우주와 빛으로 채워진 우주가 반복해서 나왔고, 대체로 빛의 우주를 통과하는 시간이 어둠의 우주를 통과하는 시간보다 7배 내지 10배 정도 더 걸렸다. 하지만 가끔은 어둠으로 채워진 우주를 통과하는 데 3개월 남짓 정도 동안 점프를 해야 하는 경우도 있었다. 20년여의 시간이 흐른 후에는 빛의 우주만 계속되었다. 그리고, 빛의 우주를 3개월 정도 지났을 때, 우주선은 눈에 보이지 않는 어떤 벽에 막혀 더 이상 앞으로 갈 수 없었다. 사트안은 어쩔 수 없이 반대 방향으로 향했고, 2년 6개월의 빛의 우주, 40년여의 빛과 어둠의 우주, 그리고 다시 2년 6개월 정도의 빛의 우주, 합하면 약 50년 정도의 시간이 흐른 뒤, 다시 눈에 보이지 않는 벽에 막혀 더 이상 앞으로 갈 수 없었다. 이후 사트안은 방향을 다시 반대로 돌린 후, 약 22년 6개월 동안 앞으로 향했고, 처음 자신의 타임머신이 도착했던 곳에 이르자 좌측으로 방향을 꺾어 다시 여행을 시작하였다. 이전과 비슷한 패턴이었지만 벽에 도달하기까지 37년 6개월 정도 걸렸고, 이곳에서 반대쪽의 벽까지는 75년의 시간이 걸렸다. 그리고 사트안은 다시 출발지점으로 돌아왔다. 그리고, 이번에는 위아래의 우주를 탐험하였다. 위아래는 그리 오랜 시간이 걸리지 않았다. 첫 출발점에서 위쪽 끝까지 2년 6개월, 아래쪽 끝까지 3년 6개월 정도의 시간이 걸렸다.

처음 출발점으로 되돌아온 사트안은 그동안의 탐험을 토대로 이미 죽어버린 우주의 모양을 추정해 보았다. 우주는 가로, 세로, 높이의 비율이 약 15:10:1 정도의 아주 납작한 타원형의 구체이거나 타원형 통, 또는 직육면체나 팔면체일지도 모른다. 그리고 죽은 우주는 대부분의 빛과 일부 어둠의 구간이 규칙적인 비율을 이루며 채워져 있다. 타원형 통, 직육면체, 팔면체의 우주 모양은 정말 부자연스러웠다. 그리고 납작한 타원형의 구체를 한 우주의 모양 또한 약간 덜 부자연스러울 뿐 자연스럽지 못한 것은 마찬가지였다. 게다가 일정한 규칙성을 지닌 빛과 어둠의 구간을 가진 우주라니. 이것은 자연스럽지 않았고, 마치 누군가에 의해 의도적으로 만들어진 듯한 느낌을 주었다. 신, 우주의 창조자이자 파괴자, 뭐라고 부르든지 그 하나의 절대 존재가 정말 있는 것일까? 사트안은 우주의 종말을 두 눈으로 직접 확인하고 싶었다. 정말 그 하나의 존재가 있다면, 종말의 순간 그 존재는 그곳에 있을 것이다.

사트안은 타임머신의 목적지를 오르세 5테라 876피나 53쿠인으로 맞췄다.

오르세 5테라의 우주는 프라이란 7테라(혹은 날룬 3테라)와 그리 다르지 않았다. 행성 문명의 발달은 생성, 번성, 종말의 반복이었고, 우주는 미개발 행성, 개발 도상 행성, 선진 행성이 있을 뿐이었다. 많은 문명 또한 생성, 번성, 종말 과정을 겪는다는 점에서 행성의 삶의 사이클과 다를 게 없었다. 그리고 행성인의 삶 또한 그것들과 다름없을 뿐이었다. 그것은 진자의 운동 그 자체였다. 중심과 진자의 추를 연결하는 철실의 길이가 다를 뿐 가장 높이 올라갔던 진자의 추는 언제나 가장 낮은 바닥 지점을 향했다. 그리고 가장 높은 곳도 가장 낮은 곳도 아닌 곳에 위치한 진자가 좀더 높은 곳으로 올라가기 위해서는 높은 곳으로 올라가는 궤적과 바닥을 지나 높은 곳으로 올라가는 궤적이 같은 확률로 존재했다.

하지만 워낙 오랜 기간 동안의 시간 여행 때문에, 사트안의 말 빠르기는 다른 행성인들보다 약간 빨라져 있었다. 오르세 5테라의 우주에 어느 정도의 적응 과정을 가진 후 사트안은 행성 유지위원회에 들어갔고, 시간이 흘러 위원회의 위원장이 되었다. 사트안이 행성 유지위원회에 들어간 이유는 행성의 운명을 결정하는 그곳이 우주의 종말에 대한 단서를 찾아내기에 가장 적합하다고 생각했기 때문이었다.

그리고 오랜 시간이 흘렀다. 언제나 우주는 분주했고, 전혀 종말의 분위기는 보이지 않았다. 모든 것은 자연스레 그렇게 흘러갔다. 그러던 어느 날 마지가 올린 보고서를 검토하던 사트안은 이상한 점을 발견했다.

'새로운 주체라니. 그리고 지구의 위치가 샨트라이고, 궤도가 정지 상태라고?'

지브로에 고장이라니. 행성인들에게는 두 번의 오류가 있었다고 알려져 있지만, 이 두 번의 오류도 미심쩍은 게 많다. 첫 번째 오류는 관찰 주체자 심사 과정에서 드라그를 먹은 응시자가 통과한 것이 문제였지, 지브로의 고장은 아니었다. 오히려 율라 행성 궤도의 샤랄라호 잔해 분석에서 밝혀진 제니안이 근무 중에도 드라그를 복용했었다는 사실, 그리고 율라 행성에 제니안의 여자 친구가 살고 있었다는 점을 감안한다면 지브로 운항 장치는 정확하게 제니안이 가고자 했던 목적지로 향했을 가능성이 높다. 그리고 두 번째 오류로 알려진 아자시 사건도 지브로의 고장이 아닐 가능성이 훨씬 높다. 당시 샤이런 스타는 지브로의 오류 원인을 찾기 위해 아자시에게 정밀 검사를 실시했는데, 당시의 뇌스캔 기능검사 결과에 '나에게는 아무 생각이 없다. 왜냐면 아무 생각이 없기 때문이다.'라고 기록되어 있기 때문이다. (* 원래 이 검사를 시행하면, 보이는 화면에 따라 '새'나 '우주선' 등의 단어나 '오! 매력적인데.' 등의 문장이 기록되어야 정상이다) 아마도 이 두 번째 오류 또한 지브로가 아자시의 상태를 정확히 읽어내고, 그 결과에 따라 아무런 말도 하지 않았을 가능성이 높다.

마지의 보고서를 보는 순간, 사트안은 오래전 죽은 우주를 보면서 느꼈던 그 부자연스러움이 데자뷔되었다. 그리고, 그가 이 시간 오르세 5테라에 이곳 행성 유지위원회에서 머무르고 있는 이유가 다시 한 번 상기되었다.

'그가 정말 존재하는 것일까?'

사트안은 오랜 생각에 잠겼다. 그러는 동안 쉴새 없이 손가락으로 책상을 두드렸다. 그는 자신의 낯선 행동에 놀랐다. 자신은 살아오면서 침착함을 잃은 적이 없었다. 그리고, 지금 놀라움과 기대감으로 가득한 이 순간에도 자신이 침착함을 유지하고 있다는 것을 잘 알고 있

었다. 하지만 손가락은 자신의 의지와 정신에서 멀어진 것처럼 혼자서 책상을 두드려댔다. '톡톡. 톡톡.'

사트안은 서둘러 직원 명부를 뒤져, 키맨이라는 친구를 찾아냈다. 샤이런 스타의 본사가 있는 카펜트 행성 출신으로, 샤이런 스타에 입사하여 지브로 개발 부서에서 오랫동안 일한 친구였다. 키맨은 그야말로 자신의 계획을 시행하기에 최적의 직원이었다. 게다가 뭔가 중요한 일을 해낼 것 같은 이름 또한 마음에 들었다. '키맨이라.' 사트안은 비서 마들린에게 키맨을 불러달라고 했다. 그리고, 마지에게는 지브로가 고장난 것 같다며 얼버무렸다.

그리고, 책상에서 종이를 꺼내 적었다.

지구, 키레네, 그리고 아무 행성이나

정말 그 존재가 있는 것일까? 과연 그가 존재한다면, 그의 힘은 어디까지일까? 그리고 우리의 운명은 그가 정해 놓은 대로 흘러가는 것일까? 만약 그가 정말 존재한다면, 지구에서 지브로를 이용해 위치와 정보를 다시 재어도 그곳이 우주의 중심이며, 정지 상태라 말하리라. 그리고 키레네에서도 똑같이 말하겠지. 그곳도 우주의 중심이며 정지 상태라고 말이야. 그 존재가 키맨을 쫓아다닐 테니까 지브로는 그 존재의 정보를 읽어내려 할 거야. 지브로는 그의 강력한 샤이런에 눈이 멀어 버리겠지. 하긴 사실 신이 있든, 없든 그것은 중요치 않아. 내가 정작 알고 싶은 것은 우리의 운명이 그에 의해 결정되는 것이냐는 거야. 아무 행성까지는, 키맨도 나도 모르는 그 아무 행성까지는 신의 눈길이 미치지 못하길 바랄 뿐, 그래서 아무 행성에서라도 지브로가 행성의 원래 궤도를 말해 주길 바랄 뿐. 그래야 우리가 살아갈 수 있는 거잖아. 그것이야말로 우리가 살아갈 수 있는 생명력이니까.

사트안은 키맨을 지구, 키레네, 그리고 아무 행성으로 보냈다.

그리고 조금 전에 시작된 행성 유지위원회의 '지구 vs. 키레네. 당신의 선택은?' 회의 중에 돌아온 키맨이 그 결과를 알려준 것이다. 키맨이 측정한 결과는 지구와 키레네에서의 위치는 우주의 중심, 궤도는 정지 상태였다. 그리고, 아무 행성에서의 위치는 우주의 중심이 아니었고, 궤도도 정지 상태가 아니었다.

'그래, 그거야. 신은 존재하지만, 우리의 운명까지 그에 의해 결정되는 것은 아니었어. 우리의 운명은 우리의 선택의 문제인 거야.'

키맨의 보고를 들은 사트안은 미소를 지었다. 하지만, 거기까지였다. 이어진 키맨과의 대화는 사트안을 깊은 심연의 절망 속으로 조금씩 밀어넣었다.

"그런데 위원장님. 혹시 마지의 보고서에 적힌 키레네의 위치와 궤도 정보 보셨나요?"

"물론 봤지."

"그렇다면 키레네의 위치와 궤도 정보 기억나세요?"

"응? 그게 무슨 말인가?"

"마지의 보고서에 쓰여 있던 키레네의 위치와 궤도 정보에 적혀 있던 숫자들 말이에요. 그 숫자들이 기억나시냐고요? 대충이라도요."

"그래. 거기에 키레네의 위치와 궤도 정보가 쓰여 있었는데. 그게 얼마였지?"

"아마 모르실 거예요. 마지의 보고서에 키레네의 위치와 궤도 정보가 쓰여 있다는 것만 알고 계실 뿐 정확한 위치와 궤도 정보는 모르실 거예요."

"그게 무슨 말인가?"

"우리는 실제로 존재하는 게 아니니까요."

키맨의 말에 사트안이 한쪽 눈을 찡그렸다.

키맨은 잠시 숨을 고른 후 말을 이었다.

"우리는 누군가가 허구로 만들어 낸 존재임이 틀림없어요. 잘은 모르겠어요. 우리가 어디에서 등장하는 허구의 존재인지는. 영화나 드라마, 아님 소설책일지도 모르죠. 마지는 당차면서도 여린 면을 간직한 행성 유지위원회 정보 및 역사 부서의 직원으로 등장하고, 저는 마지의 연인이자 이 이야기의 실마리를 쥐고 있는 키맨이라는 이름의 인물로 등장하는 거예요. 위원장님도 등장 인물 중의 하나겠죠. 마지는 자신이 키레네에 들고 간 내비게이션이 지브로였던 것도 몰랐어요. 아마도 '마지가 키레네의 위치 및 궤도 정보를 '지브로' 내비게이션으로 측정했다'는 얘기가 시나리오나 책의 내용에서 빠져버린 거겠죠. 잘 모르겠어요. 작가가 실수로 그런 건지 일부러 그런 건지. 어쨌든 확실한 것 하나는 우리가 등장하는 이 작품은 지구 행성의 작품이라는 사실입니다. 제 이름이 지구 행성인의 언어로 '중요한 사람'이라는 뜻을 지닌 키맨(* keyman)이라는 것을 보면 말이죠. 위원장님도 아시잖아요. 제가 카펜트 행성 출신이라는 것을. 다른 거라면 몰라도 소위 중요 등장 인물인 저의 이름까지 지구 행성인의 언어로 만들어진 것을 보면, 이 작품은 지구에서 만들어진 게 틀림없어요."

사트안이 여전히 한쪽 눈을 찡그린 채로 말했다.

"자네 도대체 무슨 말을 하는 건가?"

그러자, 키맨이 사트안의 눈을 바라보며 물었다.

"위원장님, 저 심사위원들 이름을 아시나요?"

그러고는 키맨은 눈빛으로 심사위원들을 가리켰다.

사트안은 키맨의 어이없는 질문에 황당했다. 분명 키맨이 나를 가지고 장난을 치는 것이리라. 그렇지 않다면, 나에게 어떻게 이런 어처구니없는 질문을 할 수가 있지? 나와 적어도 100년 이상을 함께한 심사위원들이다. 어찌 내가 그들의 이름을 모를 수가 있겠는가? 지구와 키레네의 위치와 궤도에 관한 것들도 다 거짓말이었을 거야. 우주의 중심은 무슨? 원래 위치대로 나왔겠지. 정지되어 있다고? 웃기시네. 그러고 보면 마지도 한패임이 틀림없어. 이 평결이 끝나면 가만두지 않으리라.

사트안은 의미심장한 웃음을 지으며 말했다.

"자네 이거 너무 심한 거 아닌가? 내가 심사위원들 이름을 모를까봐."

키맨은 다시 사트안의 눈을 바라보며 물었다.

"그렇다면 말씀해 보세요."

사트안이 입을 열었다.

"…"

하지만 아무런 말을 할 수 없었다.

사트안은 심사위원석에 앉아 있는 7명의 심사위원들을 둘러보았다.

모두 낯익은 얼굴로 오랫동안 나와 함께 우주의 모든 행성의 운명을 결정지어 온 친구들이다.

사트안은 이름을 말하기 위해 다시 입을 열었다.

"…"

그리고 역시 아무 말도 하지 못했다.

키맨이 말했다.

"보세요. 모르시죠? 아마도 저 심사위원들은 이름이 없었을 겁니다. 보통 영화나 드라마나 소설 그런 것들에서 저렇게 많은 조연들에게 하나하나 이름을 다 붙여주진 않거든요."

사트안은 눈이 휘둥그레진 채로 고개를 돌려 회의실을 크게 한번 둘러보았다. 그의 눈에서 동공이 떨리고 있었다.

그리고는 고개를 숙인 채로 키맨에게 나가라는 손짓을 했다.

사트안은 한참 동안을 책상을 바라보고 있었다. 손가락으로 책상을 두드리며. '톡톡. 톡톡.'

'아니야. 그럴 리가 없어. 아니야. 이건 말이 안 돼.'

사트안은 평결문을 다시 천천히 읽기 시작하였다.

그리고 그때 진이 나타난 것이다.

위원회가 끝난 후에도 회의실이 어두워지도록 사트안은 책상 위에 양손을 길게 뻗은 채로 앉아 있었다. 그의 눈은 책상을 향해 있었지만, 그의 시선은 책상보다도 더 먼 곳 어딘가에 가 있었다.

'그랬구나. 나는 책의 등장인물 중 하나일 뿐이었구나. 진이 오르세 5테라 후반까지 써놓고 가족들과 그랜드캐니언에 놀러 가는 바람에 나와 나의 우주는 여기 오르세 5테라에서 끝나버린 거야. 그렇다면 우주의 모습은 직육면체가 맞을 테지. 책의 모양일 테니까. 그리고 그 오랜 시간 동안 탐험했던 규칙성이 있던 그 빛과 어둠의 우주들은 책의 글씨와 여백이었던 거야.'

힘 없이 책상을 바라보는 사트안의 귓가에 자신의 손가락이 책상을 두드리며 내는 소리가 쉼 없이 들려왔다. '톡톡. 톡톡.'

한참의 시간이 흘러, 해가 지고 따스한 느낌의 파란 노을빛이 회의실의 창가로 스며들었다. 이때 생각 하나가 섬광과도 같이 사트안의 머릿속을 스쳐갔다.

'나의 세상이 이 책이고, 나의 신이 이 책의 작가라면, 그에게도 신이 있는 것은 아닐까? 흐음, 그렇다면 나도?'

사트안은 데이터 돌판에 글을 써 내려가기 시작했다.

마카(* 마카롱[** macaron, 아몬드나 코코넛, 밀가루, 달걀 흰자위, 설탕 따위를 넣어 만든 고급 과자]을 의미하는 그리드인어)

'그리드는 좆 됐다.'

…

아직도 손가락이 책상을 두드리고 있는지는 몰라도 '톡톡'거리는 신경에 거슬리는 소리는 더이상 사트안의 귀에 들려오지 않았다

에필로그 II: 『하란의 일기』 중에서

<u>실습 첫째 날</u>

 스타넬 교수의 '행성 만들기 실습'에 수강 신청을 한 것이 이렇게 후회될 줄은 몰랐다.

 "뭔가 새로운 거 만들지 않으면 전부 다 C 받을 줄 알아!"

 하는 스타넬 교수의 말을 듣는 순간 하늘이 노래지는 것 같았다.

 일단 빛과 어둠을 만들어 내는 데까지는 성공했다.

 하지만 문제는 내일이다.

 아니 도대체 행성을 완전한 구체로 어떻게 만들어 낸다는 말인가? 그것도 공중에 띄운 채로 말이다.

 어쩔 수 없지. 커닝이라도 하는 수밖에.

 그나마 우등생 자이란 옆에 앉게 되었으니 다행이다.

<u>실습 둘째 날</u>

어젯밤에는 일기를 쓴 후에도 잠이 오지 않았다.

어떻게 하면 새로운 것일까? 한참 고민을 했고, 기발한 아이디어가 하나 떠올랐다.

쌍둥이 행성.

행성 두 개를 같은 모습으로 만들어서, 이 두 행성에 어떤 문명이 자라나는지 보는 것이다.

아마도 이런 나의 시도는 행성 진화론에 기존에 있지 않았던 새로운 지혜를 가져다줄 것이다.

우선은 행성을 공중에서 뜬 구체로 만들어야 했기 때문에 옆자리의 자이란을 유심히 관찰하였다. 자이란은 정말 천재이다. 자이란은 기둥 여섯 개로 정사면체를 만들더니, 각각에 같은 양의 렌즈안 에너지를 가해 산타페를 정중앙에 응집시킨 후, 주변에 주위 물질을 둘러싸게 했다. 처음에는 렌즈안 에너지로 생긴 열 때문에 불덩어리였지만, 식은 후에 보았더니 그것은 완전한 구체의 행성이었다. 대단한 녀석이다.

나는 자이란의 방식을 약간 변형해서 기둥 아홉 개로 서로 한 면이 연해 있는 두 개의 정사면체를 만들고, 역시 각각에 같은 렌즈안 에너지를 가해 산타페를 두 정사면체의 중앙에 응집시킨 후, 각각의 산타페의 주변에 주위 물질을 둘러싸게 했다. 그러자 공중에 뜬 두 개의 완전한 구체가 생겨났다. 모방에서 창조가 나온다고 했던가? 두 개의 행성을 보고 있자니 웃음이 절로 나왔다. 내친 김에 두 정사면체가 연한 면의 가운데를 중심으로 해서 두 개의 행성을 서로 반대 방향을 그리며 공전시켜 보았다. 두 행성이 서로 멀어져 가는 모습이 제법 볼 만했다.

실습 셋째 날

오늘은 육지와 바다를 만드는 날이었다. 두 행성을 여기저기 약간씩 주물러 줘서 울퉁불퉁하게 만든 후 물을 뿌렸더니, 육지와 바다가 생겨났다. 다음으로 움직이지 않는 생명체의 씨앗을 뿌렸더니, 두 행성이 움직이지 않는 생명체로 무성해졌다.

실습 넷째 날

오늘은 실습실에 준비되어 있던 태양을 행성에 붙이는 날이었다. 다행스럽게도 어둠의 에너지로 힘을 얻는 행성을 만들어 낸 다스가 자기는 태양이 필요 없다고 해서, 두 행성에 모두 태양을 붙여줄 수 있었다. 태양은 두 행성 주위를 아주 잘 돌아갔다. 태양을 붙이고 나니, 좀더 그럴듯한 멋진 행성이 되었다.

실습 다섯째 날

오늘은 움직이는 생명체를 만들어서 행성에 풀어 놓았다. 물과 육지에 사는 움직이는 생명체하고 하늘을 날아다니는 것들을 풀어놓았는데, 생명체들이 좋아하면서 잘 놀았다. 이 정도면 A+는 아니더라도 A0나 A- 정도는 받을 수 있을 것 같았다.

실습 마지막 날

실습 마지막 날이었다.

실습실을 들어가면서 보니, 자이란이 만든 행성에서는 벌써 움직이는 생명체들이 고도의 지적 생명체로 진화하여, 우주선을 만들어 행성 밖으로 나가려고 준비를 하고 있었다. 일부 천연색의 긴 옷을 입은 행성인은 몸을 굽혀 땅에 얼굴을 대고 있는 많은 행성인들 앞에서 자이란을 향해 양손을 뻗치면서 예배를 드리고 있었다. 땅에 엎드린 행성인들은 두려움에 떨고 있었으며, 사제로 보이는 듯한 맨 앞의 긴 옷을 입은 행성인의 표정은 사뭇 진지하고 엄숙해 보였다. 그 앞에 선 자이란 또한 경건한 얼굴을 보여 주면서, 사제에게 여러 율법을 말해 주고 있었다. 자이란이 율법을 말해 주면서 가끔 행성의 땅과 물을 건드리자 행성의 땅과 물에 미세한 파동이 생겼다. 그러자 사제로 보이는 듯한 그 긴 옷을 입은 행성인이 엎드린 행성인들에게로 돌아서서는 들고 있는 나뭇가지로 자이란을 가리키며, 행성인들에게 뭐라고 말을 하였다. 그리고 잠시 고개를 들었던 행성인들은 이 말을 듣고 겁에 질려 울면서 이전보다 더 몸을 떨며 온몸이 땅에 닿도록 엎드렸다. 자이란 녀석은 정말 대단한 녀석이었다.

'나의 행성인들은 어떻게 되었을까?'

'같은 모양의 두 행성에서 과연 같은 문명이 생겼을까? 아니면 다른 문명이 생겼을까?'

한껏 기대에 부풀어 나의 실습 자리로 갔을 때, 나는 놀라움에 벌린 입을 다물 수가 없었다. '오, 신이시여!'

내 행성들에게 밤새 무슨 일이 있었던 것일까?

행성 중 하나는 처음에 렌즈안 에너지로 행성 만들 때처럼 불덩어리로 변해 있었다. 게다가 무슨 일인지 행성 주위로 또 다른 조그만 불덩어리가 따라 돌고 있었다. 다른 행성은 불덩어리까지는 아니었지만, 행성의 일부분이 벌겋게 달아올라 있었다. 그리고 행성 내부에 있어야 할 산타페가 행성 표면 여기저기에 박혀 있었다.

그제야 나는 지난밤에 두 행성이 충돌했음을 알게 되었다. 그리고 행성 중 하나는 산타페까지 외부로 방출될 정도로 큰 손상을 입고 불덩어리로 변해 버렸고, 이 행성에서 방출된 산타페는 그나마 행성 모양은 유지되었던 다른 행성의 표면에 박혀버린 것이다.

오전 실습 시간 내내 나는 망연자실한 채 망가진 행성들만 보고 있었다. 실습 내내 책상에 앉아서 데이터 돌판만 쳐다보던 스타넬 교수는 가끔 고개를 들어 나를 쳐다보았다. 하지만 도대체가 어디서부터 다시 손봐야 할지 엄두가 나지 않았다.

친구들이 점심을 먹으러 가자고 했지만, 나는 점심을 먹을 기분이 아니었다. 하지만 점심을 먹지 않고 실습실에 앉아 있다고 뾰족한 수가 떠오르지는 않았다. 행성을 바라보고 있던 나는 책상에 엎드린 채 잠이 들어버렸다.

한 시간 정도 잠이 들었을까? 잠에서 깨어난 나는 눈을 비비며 나의 일그러진 작품을 바라보았다.

그런데 이게 웬일이람? 두 행성 모두에 지적 생명체가 생겨 있었다. 그중 산타페가 표면에 박혀 있던 행성에서는 상당한 수준의 문명이 형성되어 있었다. 우주선도 날아다니고, 행성인 간의 교감 체계도 완성되어 있었다. 그리고 형평성에 근거한 율법체계 또한 형성되어 있었다. 아마도 표면에 박힌 생명에너지의 근원인 산타페가 행성 표면 여기저기에 있으면서, 진화의 속도가 가속된 것 같았다.

하지만 행성 전체가 불덩어리로 변해 버렸던 행성의 지적 생명체는 처참했다. 아직도 바퀴를 이용한 운송체계가 남아 있었고, 입과 성대를 이용하여 의사소통을 하고 있었다. 이것은 기술의 발전 단계가 아주 초보 단계이며, 거짓된 의사소통의 형태가 남아 있는 것이었다. 하지만 더욱 문제인 것인 형평성이 없는 율법 체계였다.

행성의 자원은 충분하였지만, 자원의 많은 부분을 극히 일부 소수의 행성인들이 독차지하고 있었고, 대다수의 행성인들은 나머지 자원들로 살아가고 있었다. 그래서인지 이 행성의 행성인들이 하는 말들은 "배고파", "섹스하고 싶어", "살려줘" 같은 결핍에 대한 내용뿐이었다. 또한 이 행성의 행성인들은 다른 동족 행성인들을 죽이기도 했다. 하지만 이와 같은 것들은 나도 어쩔 수가 없었다. 형평성이 결여된 행성의 자원 분배는 이 행성인들의 선택의 문제였다. 나의 실습 과제는 어디까지나 행성의 창조까지일 뿐이다.

그러나 심장을 후벼 파듯이 나의 마음을 아프게 하는 것 하나가 있었다. 행성을 지켜보던 나는 어느 이상한 소리를 들었는데, 그것은 들릴 수도 없는, 들려서도 안 되는 소리였다.

그것은 어느 아이 행성인이 내는 소리였다. 아이는 머리가 크고, 눈도 컸다. 그리고 아이의 눈은 아래쪽을 바라보고 있었다. 수두증(* 수두증이란 뇌실이나 지주막하에 뇌척수액이 과다하게 축적된 상태로 선천적인 뇌와 척수의 구조 이상과 연관되어 나타나는 경우가 많아서 소아에서 많이 발생한다. 머리가 커지고, 안구운동장애, 경련, 발달장애, 인지장애 등의 증상들이 나타날 수 있다)이었다. 아이는 가끔 눈을 뒤집으면서 몸을 부르르 떨면서 경기를 하기도 했다. 아이는 그러고 나서는 "워우워우"라고 말하곤 하였다. '워우'라니. 그것은 신들의 언어였다. '아파'라는 뜻을 지닌 신들의 언어. 이 아이가 어떻게 신들의 언어를 말하는 것일까?

영혼이라는 것이 생명체로 다시 태어나기 위해 몸이 생기는 과정에서 영혼들은 신들의 언어를 망각하게 되어 있었다. 하지만 이 아이 행성인은 신들의 언어로 '아파아파'하며 말하고 있었다. 나는 이 행성인의 머릿속을 들여다보았다. 거기에는 고통 말고는 아무것도 없었다. 행성인 아이의 머릿속에는 어떠한 지식, 어떠한 세속의 정보도 없었고, 단지 고통이라는 것만 똬리를 틀고 있었다. 어떠한 지식, 어떠한 세속에 대한 정보도 없었기 때문에 아이는 신들의 언어를 기억하고 있는 것이었고, 단지 고통이라는 것만이 그를 휩싸고 있었기 때문에 아이는 '워우워우'하며 말하고 있는 것이었다. 아이의 뇌는 얼굴 근육을 제대로 움직이기에 많이 부족했고, 그렇기에 그 깊은 고통 속에 있으면서도, 아이는 마치 미소를 짓는 듯한 표정을 하고 있었다. 온몸을 사그라뜨릴 만큼 큰 고통 속에 있으면서도, 웃고 있는 듯한 아이의 표정은 나를 깊은 혼돈 속으로 밀어넣었다. 아이의 고통이란 것은 결핍의 문제가 아니었다. 아이는 결핍에 대한 보충에 대해 소리치거나 기도하는 것이 아니었고, 아이의 삶에 있어서 유일한 모든 것이었던 고통과 아픔에 대해 이야기를 하는 것이었다.

아이의 미소를 바라보면서, 그리고 아이의 '워우워우' 소리를 들으면서, 나는 나 자신이 더할 수 없이 역겨워졌다. 얼마 지나지 않아 아이는 엄마와 함께 마을에 내려 온 늑대에게 공격을 받아 죽어 버렸다. 하지만 아이의 '워우워우' 소리는 꺼지지 않고 계속되는 아침의 알람 소리처럼, 둥둥거리며 쉼 없이 들려오는 북소리처럼 나의 머릿속에서 쉬지 않고 들려왔고, 그 소리는 멈추지 않고 점점 커졌다.

'너희에게 선물을 줄게.'

'너희에게 세상에서 가장 소중한 것들을 줄게.'

'너희가 생각해 보지도 못한, 그리고 생각하지도 못할 세상에서 가장 소중한 선물을 너희에게 줄게.'

내가 정신을 다시 차렸을 때, 나의 양손에는 보랏빛 핏물이 꿀럭꿀럭 뿜어져 나오는 나의 오른쪽 심장이 들려 있었고, 힘주어 심장을 누르고 있는 양손의 손가락들 틈으로 그 보랏빛 핏물들이 꾸역꾸역 흘러나오고 있었다. 그리고 나의 오른쪽 가슴은 보라색 피로 물든 거친 가장자리를 보이며, 휑하니 뚫려 있었다. 시공간 통합 샤이런 에너지 챠이론. 우주를 창조해 내는 에너지 챠이론. 우연을 운명으로 바꿀 수 있는 힘 챠이론. 가드인의 피 챠이론. 그리고 나는 사과에 꿀물이 흘러내리듯 내 앞의 행성을 타고 흘러내리는 보라색 챠이론 핏물들을 보았다.

스타넬 교수는 데이터 돌판을 뛰어넘어 나에게 달려왔다. 자이란은 구급함으로 달려갔고, 멍청하고 둔한 다른 친구들은 망치를 얻어맞은 표정으로 계속해서 나를 바라보고 있었다.

정신이 희미해져 갔다.

'아마도 가끔은 느끼게 되겠지.
우연인 듯하기도 하고 운명인 듯하기도 한 그런 순간들의 느낌을.

아마도 가끔은 말하게 될 거야.
우연이 운명의 다른 이름이라고.

아마도 언젠가는 알게 될 거야.
왜 모든 것들이 그들의 선택의 문제였는지를.
그리고 그들이 어떤 존재인지를.'

잠시 후, 나는 정신을 잃었고, 이틀이 지난 후인 오늘 아침이 되어서야 다시 정신을 차릴 수 있었다. 약간 욱신거리긴 했지만, 나의 오른쪽 가슴에는 새살이 돋아나 있었다. 그리고 내가 만든 행성들은 나의 침대 옆 탁자 위에 놓여 있었다. 'A+'라는 쪽지가 받침대에 붙여진 채로 말이다. 'A+'라는 큰 글씨의 아래에는 다음과 같은 말이 적혀 있었다.

　이번 작품은 새롭기는 했네. 하지만 다시 이런 작품을 만든다면 전혀 새로운 게 아니라는 사실을 명심하게.

- 교수 스타넬 -

　나는 눈을 들어 나로 하여금 심장을 후벼 파게 만든 아이가 살았던 행성의 여기저기를 유심히 살펴보았다. 행성은 움직이지 않는 생명체들로 무성했고, 하늘과 땅과 물에도 움직이는 생명체들로 넘쳐났다. 그리고 행성은 그 처참해 보였던 지적 생명체의 후손들로 넘쳐나고 있었다. 그러던 중 나는 깜짝 놀랐다. 행성인 중 하나가 어느 동그란 돌 위에 누워 나를 바라보고 있었다. 그는 그냥 멍하니 하늘을 바라보는 게 아니라, 정확히 나의 눈을 바라보고 있었다. 푸른빛을 띤 하얀 바탕에 갈색 홍채와 검은 눈동자를 가진 눈이었다. 우리는 한동안 말없이 서로를 쳐다보았다.

　내가 먼저 입을 열었다.
"선물이 마음에 드니?"
그는 대답했다.
"네. 너무 좋아요. 제가 원했던 선물이에요."
그러더니, 그는 입꼬리가 귀에 닿도록 미소를 지었다.

그 미소를 보고 있자니, 나에게도 미소가 지어졌고, 노래가 흥얼거려질 정도로 기분이 몹시도 좋았다.

<끝>